U0875009

锐
小说

遇见穆先生

旧海棠 著

南方出版传媒
花城出版社
中国·广州

图书在版编目（CIP）数据

遇见穆先生 / 旧海棠著. -- 广州 : 花城出版社, 2017.1
（锐·小说）
ISBN 978-7-5360-8169-7

Ⅰ. ①遇… Ⅱ. ①旧… Ⅲ. ①中篇小说－小说集－中国－当代②短篇小说－小说集－中国－当代 Ⅳ. ①I247.7

中国版本图书馆CIP数据核字(2016)第306888号

出 版 人：詹秀敏
责任编辑：文 珍 周思仪
技术编辑：薛伟民 凌春梅
封面设计：棱角視覺 ANGULAR VISION

书　　名	遇见穆先生 YU JIAN MU XIAN SHENG
出版发行	花城出版社 （广州市环市东路水荫路 11 号）
经　　销	全国新华书店
印　　刷	广东新华印刷有限公司 （广东省佛山市南海区盐步河东中心路 23 号）
开　　本	880 毫米 × 1230 毫米　32 开
印　　张	6.5　2 插页
字　　数	120,000 字
版　　次	2017 年 1 月第 1 版　2017 年 1 月第 1 次印刷
定　　价	28.00 元

如发现印装质量问题，请直接与印刷厂联系调换。
购书热线：020－37604658　37602954
花城出版社网站：http://www.fcph.com.cn

目　录

遇见穆先生

小艾走上观光车，还要往后走找空位，见穆先生坐在第三排。她不知道要不要打招呼，正犹豫着，穆先生抬头看见她，站起来让了位，说，坐这吧，没人。

小艾靠了窗子坐。挺宽敞的位置。观光车是进口的，电动车，环保，比普通的大巴要宽许多。前后座椅之间的距离也足够空间，穆先生挺高的个儿，坐下去膝盖也不委屈。感觉跟波音 737 的商务舱差不多，有点奢侈。奢侈是奢侈了点，小艾坐下去，觉得身心很舒坦也就觉得合算了。由着这种不错的心情，侧身把窗帘拨在一边扣在塑料槽里。这个过程，小艾透过酒店前方的椰树林看到湖面平静，微微地泛着深秋八九点钟的和煦光芒。

穆先生在看几张英文报纸，时间是昨天的，小艾从他拿报纸的手势上看，觉得他应该看了好一会儿了。右手大拇指按下去的地方有些皱陷，小艾想，那报纸里至少有一两则新闻曾让他看得入神。小艾想到这，把想跟穆先生寒暄的话放回了身体里，她想，不急，等他看完了报纸再说不迟。无非是“没想到又遇见你了”或“你也去古村吗”这些话，实在可说可不说，以前天在温泉汤池里认识的穆先生，他是那种你不说话就能知道你所思所想的人，所以省了这些话或迟些说并不会让穆先生以为她是一个没有礼貌的人。嗯，人家给让了位置，小艾却连“谢谢”还都没有说。

“又遇见你”，以穆先生的说法是第六次了。第一次在温泉出入大厅二楼的公共放映厅，第二次在大游泳池，第三次在温泉汤池，第四次在早餐厅，第五次在高尔夫球场路上，第六次，此时。

昨天早餐后，小艾出去湖边散步回来，遇着背着高尔夫球袋的穆先生。小艾说：“你怎么认出是我？”

穆先生跟小艾并肩走着，几乎高出小艾整整一头。穆先生侧脸看小艾说：“早餐在餐厅认出是你。你衣服没换，多了一条披肩。不难认。”

小艾诧异，被一个陌生人这么反复认出来，心里有点虚。也有点不好意思。因为之前一次是在温泉汤池里，两人都穿着泳衣，可称赤裸。小艾虽不好意思，因为奇怪眼前这位高大厚实的先生是怎么认出她的，还是愚蠢地问：“在早餐厅你怎么认出是我？”愚蠢是小艾自己对自己的评价，她当时的感觉是既尴尬又掩盖不了好奇心，像个无知的少女。那情境发生在一个中年妇女身上自然就是愚蠢了，小艾想。

穆先生用扶高尔夫球袋的手指一下自己的脸和脖子，说：“昂，这个。”

小艾看懂了，会意一笑，可不是嘛，自己右脸和右脖子上，长了四粒黑痣，从酒窝位到锁骨成一条直线。最大的一粒是锁骨上的那粒，和酒窝位置的那粒一样是胎带的，夸张点说能有绿豆般大了。只是酒窝上那粒的大小搁在一个人的脸上看挺适宜，不像锁骨上这粒没个矜持，随着年龄不停地长。

小艾这么笑，就算认可了穆先生的说法。于是继续往前走。穆先生人高腿长，走几步总要等小艾一下，在一次停下来时跟小艾说：“我后来想，我第一次遇见你是在温泉出入大厅二楼的公共放映厅，你穿着绿色的浴袍，捧了一大杯爆米花。第二次遇见你是在大游泳池。在汤池看见你是第三次，你刚从大游泳池过来，看见你脸上的痣才想起在放映厅注意到的人也是你。你游泳像专业的。”

小艾听穆先生这么细说，跟着把每一个场景回想了一遍，公共放映厅里她是捧着爆米花，左右都坐了人，不知道哪一位是他。大游泳池她在深水区游，水有点凉，她记得在水上躺了好大一会儿看星星，周围也没见什么人。后来觉出大游泳池的水冷了，去找汤池暖和暖和。高温的汤池里人都很多，她找了一个偏僻的小汤池，牌子上写43.1度，她试了水觉得还行才下去。哪知下去后发现汤池里有一个人了，被汤池周围的灌木丛的阴影掩着，在岸上没看出来。小艾正要坐下发现旁边有个人，一动不动的，小声“啊”了一下，正要离开，那人说了一句“水不烫”。说着，动了一下身子，本来懒散的样子一下子坐直了。小艾见是个大活人，往身体里吞一口气才坐下去。坐了好大一会，那人说：“你游泳很好。”小艾觉得这话没来由，淡淡地说了句“还行”。一来二去两人聊熟了，小艾才知道眼前的这人也是刚从大游泳池过来。知道他姓穆，称他穆先生。穆先生问怎么称呼她，小艾说认识我的人都叫我小艾，叫我小艾就行。穆先生也没问她是姓艾还是名叫小艾。

“年轻时是搞这行的，后来结婚生子有二十年没怎么游了。去年才算又捡起来练习。”

“二十年前?”

“二十一年前。”小艾这么回答自然是知道穆先生在问她的“年轻时”的时间。

“至少得是省队的。”

“是。”小艾低头笑。人家猜得很准，没必要多言语。

两人接下来没怎么说话，穆先生与她并肩走了一会儿路，在一个分岔口，穆先生停下说他要往“这边走”，两人就分手了。穆先生去打高尔夫，小艾回酒店。

小艾没回头，她知道穆先生是往湖边去了。她记得当时自己很不自在，而她所有的不自在都用来整理披肩了。

小艾想到这不自觉笑，一个女性的腼腆羞涩显现在她的脸颊上。她之前一直盯着窗外看，这一笑她便在玻璃窗上看到隐约的自己。中短发，疏淡的弯眉，圆脸，腮微胖，唇红齿白。她忙收起了笑，觉得这样胡思乱想的真是不像话。

这时间也就五六分钟，车上全坐满了，后来的客人只能等第二辆观光车。车启动，穆先生把报纸折起来放在腿边的背包里，这才转过头跟小艾说话。“准备去哪个地方？”

小艾是从酒店的介绍上知道度假酒店配套的景点，当时她记得只用心看了免税购物街和古村。小艾对购物兴趣不大，以往带儿子旅游，国内国外，最终无不都是以购物收官。小艾想去的是古村，介绍上说是岭南第一长寿村，村里现有二百一十五位老人，九十岁以上的有十几人，最年长的有一百零三岁了。

小艾便答：“古村。听说古建筑保存得很好。”

穆先生朝窗外看一眼，把目光落在小艾脸上说：“可追溯五百年。”末了又说，“今天好天气，去古村走走感觉会很不错。”

这时穆先生的目光已从小艾脸上移走了，小艾感觉得到。“听你这么说，好像去过？”

穆先生似加重了语气说：“去过。我只要住在酒店，都会去古村。”

小艾微笑。她不觉得这微笑穆先生会看到。她不善言谈，常迟钝在某一个话头上。

观光车开得不急，慢悠悠的，坐在上面的感觉正是观光的悠闲心态。约莫二十分钟，到一个荷兰小镇一样的建筑群，穆先生说是免税购物街，全世界的各大品牌都有，跟购物街配套的还有酒吧一条街，餐饮一条街，游乐场，电影院等。

观光车停下，下去一批客人，又上来三五个，这时车上大约还有十来个人。

经过免税购物街，车子继续往前开，可能是刚上车的人把车窗打开了，车里进来一股凉风。这风也不让人冷，凉丝丝的。又过了十来分钟，车子经过一片田野，也看不出种了什么，茂密而荒芜。然后到一座山脚下隔着一条河停下。河那边就是古村。

车上的客人都下了车。河边一片菠萝蜜树林前过来一个导游接客。是个小姑娘，晒得古铜色的皮肤衬得她的眼白和牙齿白得发亮。正如我们常看到的导游一样，小姑娘拿着一个喇叭开始向客人介绍古村。

穆先生问小艾：“要跟着导游走吗？”

小艾说：“听听她说吧。”

导游的介绍无非是宣传上的一套言语，小艾都知道，所以听得三心二意。待导游简单介绍完，开始引导客人过桥去村里。到了村里又聚上来一些散客跟着走，人群看上去也有二三十位了。

导游说首先会带大家去老人集居的地方看看，然后带大家看几户大院，再之后就是自由闲逛。

穆先生不想去老人集居的地方，跟小艾说明后一个人入了村巷。小艾倒是想去看看老人，想知道他们是一种什么样的生活状态。原来，两百多位老人并非全住在一个地方，只是七十岁以上需要人照顾的才会集居。大部分老人还是住在自家。自家也不在古村，而是后来新建的村落里。这里等于说是有两个村，一个是有五百年历史的古村，一个是新村。新村从第一户迁出来到后来的瓷砖楼房也有近一百年的历史。两百多位老人并非全是原住民，多数是一些归乡人，年轻时在外经商或打工，上了年纪就回来这里居住了。因为旅游开发补助了村民建房，这些年回乡的人越来越多，含有小部分华侨，也就形成了有两百多位老人的数量。老人们都没什么事可做，多聚一起打麻将，村头，巷子里，大院里，除了开小旅店的生意人是年轻人，可真都是上了年纪的老人。有的老人衣着很是体面，梳着旧式的发鬏，首饰也很考究，看上去翡翠、金银、玉镯子都价值不菲。不过，这些的现象也是在新村里。古村是被保护的，每一块砖，每一条石板都保留着许多年以前的样子。这种原貌甚至是荒乱的，被遗弃的，隔世的。水渠还有水哗哗地流淌，只是洗衣、淘菜的老妇人或年轻媳妇无踪可寻。

走在这样的村巷里，小艾的脚步不由得就轻了，看着不同的门框、瓦檐、壁画、梁雕，心里不由得揣测起当年里面都住了什么习性的人。自然有大户和小户穿插着，小艾走进一所不起眼的古屋，像是再普通不过的人家，中间是天井，二进式的格局。穿廊过堂，曲里拐弯连着外围的一圈房屋，再循着这些房屋看下去房间的格局，小艾这才觉得格局的考究。在前厅的后面还有一个天井，天井后才是一家的堂屋，前院的那个厅不过是个过堂，待外人的地方。一切的摆设仿佛遵着当时主人的意思，还都是有尊严地陈设着。小艾走了不少家，还没有哪一家的家具保留得这样完好。至于是不是几百年的小艾就不知道了。堂屋前挨着天井的地方摆着一个小茶几，或者北方叫方桌。穆先生趴在桌上下一种什么棋子。

小艾看见穆先生停下来站着没动，她想要是没惊动穆先生她就转身走开，要是早惊动了就上去打招呼。

小艾盯着穆先生看一会儿，见穆先生很用心在走棋，就以为穆先生没发现她。刚转身走，小艾听到自己的脚步声，觉得一个大活人进院里来了穆先生没发现是不可能的。于是又试探着上阶梯进堂屋去看看字画。

“这所房子里很少人来，一是巷子岔道多，没有导游带着普通游客转不进来，二是这所房子传说闹鬼，导游都知道，所以不带游客来。”穆先生说这话时头抬也不抬，手里忙着走棋。

“并不难找。中午饭前我来过一回这村子。然后出去新村那边吃了小吃。本来想回去的，又想来这里走走。不难找，只要有心走到村子尽头。”小艾强调什么似的，说着话，好奇地看着穆先生，好像他在这里待了很久了。天井上方打下来的光，看得出来从他的左肩至右肩刚刚经过，留下一层绒绒的东西，在光柱的边缘下还在微微地泛着光芒。

小艾走了两遍古村，只要不是太荒凉的院落她基本上都进去看了，有些房屋里灰尘少，有些多，这情景显然是有的院落安排了人看管或打扫的。穆先生在的这家是其中较干净整洁的一家。

小艾这时已走到堂屋去看两边的字画了。转了一圈，又回到堂屋条几前的背靠椅上坐下来。

穆先生还在下棋，也没有转头，只听声音冲小艾说：“那边是男的坐的，女性应该坐另一边。”

小艾听这么说并不当回事，散漫地回穆先生，“我不过是个游客，又不是这里的女主人，我看不必要守这规矩。”这回答有点矫情和调皮。

“怎么没必要呢。这个村庄有五百年的历史。五百年经历了多少代人啊，你又怎知你不是其中的哪一代人。”穆先生仍是未抬头，还在走他的棋子。

“穆先生，您可真会开玩笑。”小艾固执地坐在椅子上没下来，木椅又高又大，她的脚有点不太能着地。

“不开玩笑。”

穆先生说不开玩笑，小艾也没把他的话当回事。反倒问：“古时候的人不都挺矮的嘛，这椅子怎么这么高？”

“堂屋的这两张大椅子只能是掌家的老爷和大太太坐的。要坐在这里的时候，多数是家庭有重要事情办，大太太尊贵，自然要打扮得很隆重，脚上穿的木屐，比你们现代女性的高跟鞋还要高。打扮后个头能跟老爷差不多，坐上去脚着地问题不大。”

穆先生这时走完最后一步棋，然后把棋子收拾起来，用一个古老的青灰色瓷器罐子收着。那是什么棋子小艾并不知道，也没想问。但小艾看穆先生这举动不免还是好奇了，问：“穆先生是本地人？看你对这座院子挺熟悉的，东西放在哪你都知道。”

在穆先生收棋的时候进来一对背包的小情侣，这会儿那对情侣上阁楼去了。

穆先生把棋放入一个房间的黑漆柜里。并没有回小艾的话。但他走到了小艾的旁边，再次告诉她，她应该坐到另一边去。穆先生说这话时脸上严肃，小艾看出来了就没法再当穆先生的话是玩笑，乖乖地走过去坐在本该属于掌家的大太太坐的木椅上，穆先生坐在掌家老爷的位置上。

穆先生坐在木椅上不出声，把眼睛闭了起来。小艾突然心里有点紧张，不知道出于什么原因也跟着闭上了眼睛。

两人什么话也没说，就那么闭着眼。中间听到之前的一对情侣从阁楼上下来站在一侧看他们的觉得好奇的动静。小艾心里想，女孩一定是把男孩的衣角拽了又拽，然后男孩就握住了女孩的手，静悄悄地出去了。

小艾幻想到一个场景。她在一个傍晚进了这个村子，来的时候，许多的村民都在路上看她，还有的小姐偷偷地在自己的阁楼里透过窗子向下看。她要到的一户人家，并不太富裕，掌家的太太就坐在她如今的位置上。旁边没有老爷。家里除了几个男仆并没成年的男性，一个人人称小少爷的四五岁男孩在天井里玩一种藤球一样的东西。小艾从角门进了这户人家，施了礼见过太太。这位太太面相庄严，说话却是柔声细语，小艾一直低着头听话。

后来的事，小艾就记不得了，可能因为太入戏，身心已抽离去了那个傍晚。等小艾睁开眼来，穆先生站在她的面前，又紧张又心疼地看着她。小艾脸上流着眼泪，穆先生看她醒来为了安抚她把她揽在了怀里。

小艾在穆先生的怀里抽抽泣泣。这时太阳西斜得厉害了，光柱从地上打到了堂屋的后墙上。后墙上是一对清末时期打扮的夫妻画像。看衣着，是一对富贵人家的老爷和太太。再看面相体态，不像是岭南人，倒像是中原人。

小艾回过神来，觉得自己真是不像话，忙找了话题为自己解脱。她问穆先生："这对画像是什么人？"

穆先生说："我的祖爷爷和祖奶奶。"

小艾那么一哭，对什么像是欣然接受，对穆先生的回答全没了一个普通游客的惊讶。小艾说："我刚才好像睡着了，梦见一出场景。我是一个童养媳，嫁到一户败落的人家。那一户人家也刚搬来这村子不久，家里只有一个男丁，还是个四五岁的孩子。我便是要嫁给那个孩子。我也未成年，十一二岁。被一抬四人轿抬进村来。”

穆先生本来松开了小艾，这会儿听着她思思索索地说完，拉上了小艾的手，样子千言万语。

出了院子，两人松开手立刻又生疏了。穆先生要带小艾去村头一家小吃店吃东西。说是一种蒸的粉，还是他小时候的味道。

蒸粉店在他们入村的那片菠萝蜜树林对岸。从穆先生家的老宅过去，刚好要走一个长方形的斜对角。还只是走到一半，已过了三道石板桥。下了第三道石板桥要抄近路走得从一条小溪边贴着墙根走一段，穆先生问小艾行不行，小艾看看脚上的坡跟鞋觉得问题不大，于是穆先生在前，小艾在后，窄的地方两人几乎是侧着身子前行。看来这是一个大户人家，院墙很长，小艾在一个墙弧角的地方刚转过身时，看到小溪对面的墙上全是橙色的光芒。一个少年的人影映在上面，后面跟着一位奶妈和一位刚成年的小姐。小姐抿着一个红漆篮子，盖子下面隔着的藏青布露出两个尖尖的角。小姐边走边侧头看着奶妈打着手势说话。少年并不着急走路，走走停停地等着后面的两位，显得极有耐心和宽容。小艾心中一悸，倚在墙上一动不动地看着那个少年。

穆先生见小艾停下，回头来接应她。小艾把目光扯回到眼前的穆先生脸上，觉得自己依然是恍惚的。

待走过这段狭窄的小路，到院墙的一个角门的地方又是一道石板桥。石板桥连着一条宽敞的巷子，另一边就是小艾刚才看到的映着橙色光芒的墙。两人走上这条巷子，穆先生个高，夕阳把他的倒影从脚边一直投射到那面高高的墙上。那面墙已经是破得不成样子了，红沙土一片一片地裸露出来，像一段过往张开的大嘴冲着小艾在呐喊。

穆先生见小艾脸色，问她可是哪里不舒适，小艾摇头，脚下快了两步跟上穆先生。

到了粉店，穆先生选了靠河边的位置坐下。两人漫不经心地聊天，小艾还是觉得自己恍恍惚惚。

穆先生问小艾："你一个人来这里度假？"

"不，跟两个朋友，她们爬山摄影去了。一个是爱好摄影，一个是画家。她们前天上的山，说是走全程下来要五天。"

"普通驴友三天就够了，可能因为要停下来拍日出日落才会用五天。不管怎样，只要全程走下来最终都会经过这个古村。山路的终点在古村后山脚下，然后经古村后面的那条路出来。最后到达'波罗蜜多'全路线才算走完。"

现在穆先生知道什么，小艾都不会好奇了。至于穆先生的身份她还不想问，他可能不过就是这个村子出生的人，也可能是这个旅游区的大老板。至于他是谁，小艾觉得不重要。重要的是这是一个"很熟悉"她的人，她不用说话，他什么都知道。而她对穆先生也仿佛熟知，这熟知似乎在她的记忆里储存了许久，是隐性的，只待一个什么样的相同物质对它的激活，它就跃然在脑海。小艾想到这，想起在汤池穆先生说人生来都是携带着记忆的，只是这些记忆对有些人“起作用”对有些人“不起作用”。小艾想，能激活便是“起作用”吧。

“‘波罗蜜多’是哪里？”小艾转一下头，甩开对“记忆”的联想问穆先生。

“就是对岸那片菠萝蜜树林。”穆先生答。

“那片树林前有根石柱，写的是什么？”小艾本来还好奇为什么叫“波罗蜜多”却不知应该怎么个问法。

“写的是‘波罗蜜多’。前面是梵文，后面的汉文是甲骨文。书法是一个老和尚写的。那个石柱是后来重造的了，原物已不知去处。”

“为什么叫这个名字，就叫菠萝蜜树林不是通俗易懂吗？”两个人的语言到这，小艾还是借机提出了她的疑问。

“‘波罗蜜多’是梵语音译，译成汉字多在佛家里用。可以说几百年前植这片林子的人初衷就是为‘波罗蜜多’这个意喻。这个村的一户人家是从遥远的北方迁来的，迁来的第一代人一心回到北方去，但又不能回，就在河对岸植了一片树林。意思是走到这就行了。我们看到的这片树林也不是最初那些树了，也说不清是多少代了。往里走有些老树，大的一百多年，小的也有七八十年。”

小艾想起她在穆先生的老宅里恍惚间的那个梦幻，心里有点虚弱，发怯，似乎生怕那真的是她的一场过往。就“菠萝蜜”这个话题她不想再接着问下去了。后来就不吭声。

穆先生见小艾不吭声，把话题就岔开了，说：“你应该去山里走走，有一条后来开发的路，不难走。现在的旅客多是走这条路，只有资深的驴友才走原来的土路。”

“我跟朋友来本没打算爬山，也就是出来散散心。其实我这性格走到哪都是一样，对什么都不太上心。这点我很佩服同行的两位朋友，一样在城市生活了多少年的人，她们一出来就像变了个人似的。”

“那你怎么还要出来？”

小艾笑。看着老板把两份蒸粉端上来。“这人是不能闲下来的，闲下来就胡思乱想。我身边像我这样的无用妇女多的是，儿女长大离开，突然就觉得生活无意义了，身心一下子就空虚了。这个年纪的男人正在事业上，要么忙着赚钱，要么忙着升官。可这个年纪对一个女人来说就有点尴尬了，安心过晚年有点早了，不安心也已经一无是处。怎么还要出来？也许连自己也不知道的。是啊，我为什么要出来？”小艾说着，学着穆先生把酱油和两种不知名的香草一样的佐料撒在蒸粉上。

“你这种不知道，像人为什么活着的问题一样，没个准答案。别想那么多，想出来走走就出来。修行的人讲究

‘当下’，当下是什么感觉对一个人来说更实在。其实人的一生很快，转眼就过了。”穆先生说。

两人吃蒸粉的时候无话。旁边几个背画架的女生一直在叽叽喳喳地议论着什么。她们那样的嘈杂声显得小艾和穆先生那边越发安静了。

吃完蒸粉，两人准备回酒店，有两个在桥头歇脚的巡警看见穆先生，忙站起向穆先生问好。彼此说的都是客家话，小艾听不懂。穆先生点头，问好，跟小艾继续往前走。小艾说：“看来这里治安挺好，上午在村里转时看到几个保安。”

“新村里有些老家具还是很值钱的。古村里也有一些搬不出去的，现在都很值钱。”穆先生说。

“古村里那些日常摆设的家具是仿品吧，有些看上去像做旧的。”小艾说。

“没错，是仿品。真正的旧物不多了。多少年前都给偷得差不多了。”穆先生说。

他们说着来到石柱后面，穆先生伸出一双大手，用左手在右手心里写下“波罗蜜多”四个字给小艾看。小艾这才知道是“波罗蜜多”不是“菠萝蜜多”。

这时已近黄昏。隔岸看古村在余晖的笼罩下显得又寂寥又神秘。像一个人回看他的大半生，朦胧看不清，既不可解又仿佛一切早就是那么注定。小艾这时已从恍惚中清醒过来了，想想人的一生真是恍若一梦，而有时短短的一梦又恍若揭示了前世或者往生。还有那些反反复复的梦境说不定就是人一生一生的轮回经过。想到这，小艾身上觉出了些寒意，就从包里找出披肩来披上。然后寻了靠河边的一条长椅坐下，等待酒店的观光车。他们面对西方，现在，那个方向最亮。月亮已经出来了，在平静的河水里就能看见，不过，小艾还是抬头看了看天上的那个。

穆先生坐在小艾旁边。

“天黑了，村里还有人，这些人怎么出去？”小艾说。

“新村那边有村民自己经营的小旅店，多数的散客是住在那里的。还有的散客是从周边来的，出了这里有往镇上去的班车。”穆先生说。

古村里的灯光不是很明亮，路灯也是昏黄的。只沿河的几家经营店铺里光明照人。有一家小酒吧，在河边摆了几桌，店里的两名伙计跑进跑出勤快。

“天真的黑了。”小艾说。

“嗯。中秋过后，天黑得快。”穆先生说。

刘　琳

刘琳与仲鸿分别十六年后，我在K106软卧车厢里遇着他。起初谁也没认出谁，我们都是近中年的人了，模样早已变化。仲鸿有些微微秃顶，发际线明显后退，他现在是酒店用品供应商，自个儿当老板。

我从京九线的阜阳站上车，待东西放停当，铺对面的仲鸿瞅着我说："我怎么瞅着你眼熟呢？"

阜阳是我的家乡，给亲人扫完墓回深圳，有些忧伤的心情还没调整过来，我只听着声音，并没转头看他。我想以拒绝对话的态度让他识趣：不要乱搭讪。

仲鸿并不识趣，本来躺着玩手机，这会子反倒坐起来看我。然后自我介绍说："我是做酒店用品供应的，送你一本画册吧。"

我这时才转头看他一眼，语言不可抑制地表现出了不耐烦，我说："谢谢。我不开酒店，不需要。"

仲鸿说："不需要没关系，你就翻翻看看。别把我当推销的，我的生意虽做得不是很大，但已经不需要推销。"

我心想，你就吹吧，火车上向来是吹牛皮的胜地！但一想我已声明不是开酒店的，他没必要向我推销。我脱下鞋盘腿上铺上坐着，接过他递来的一本画册开始翻，心里仍嫌弃这人嬉皮笑脸的架势。画册是大十六开，铜版纸印刷，沉甸甸的。翻开看后知道他是专门做酒店软装饰的，从窗帘到床上用品、浴巾浴袍到桌布餐巾应有尽有，包括制服。在“制服篇”我看到一款眼熟的，心头一惊，这才正式看仲鸿一眼。这一看我才知道他搭讪的意图，原来他在试探我是不是他认识的那个人。

我自然是惊讶的语气问他：“你是陈仲鸿？”这之前我当然不记得他的名字，画册上总经理叫这个。

他果断地回我，说：“是。那你就是魏红玉了？”

这情景下，我也只能果断地回说：“是。我是魏红玉。”说完，我脸上立马笑了，指着一款制服说，“你这是抄袭。”

他努嘴得意地说：“用了很多年，从未被告发。”

他那样子让我瞬间想到他拿着水果刀冲桑拿部经理说“不信”的样子。人的记忆就是这么奇怪，有些往事任你怎么不记得，只消有一个饵子在你面前晃一下，立马什么都活了。这个饵子不一定多讲究，因人而异，有时是一首歌，有时是一种气味，有时可能就是一个动作。

我伸出手隔着茶几跟他握手，说：“陈仲鸿你好，很高兴又见到你。”陈仲鸿像是早就等着我跟他握手了，模仿我说："魏红玉你好，很高兴又见到你。"这么说完，我们陡然间打通了十六年的时光隧道，一下子从隔阂的当下回到亲密无间的青春时光里。

我们同是一家四星级酒店的员工，所在的部门是西餐厅，兼酒吧。这个部门从筹备就把我们招进去了，仲鸿见习的是水吧员，我是楼面服务员。除部长和厨工外，这个部门另有三名女服务员。分别是来自东北的老徐、江西的九香和湖南的刘琳。西餐厅的制服很漂亮，在此之前，我们五个谁也没有穿过这么好看的衣裳。包括中大出来的研究生仲鸿。仲鸿因为是水吧员，制服上多少与楼面服务员有别。首先不一样的是领结，我们的是蝴蝶结，他的是绳结，看上去更潇洒和自在。除此之外，他的下身是西裤加一条长围裙，我们四个女员工的下身都是长侧开裙。侧开很高，一不小心就会露出里面的平角裤。男女的燕尾服除了大小，形式上倒是一样，但我们基本上都不穿，平时里只是穿奶黄底子的碎花衬衫罩马夹。九十年代初，内地酒店服务员的制服还很正式，大多不会太出位。负责酒店礼仪培训的老师是澳门来的，教了我们整套正规的酒店礼仪，所以，我们虽穿着高位的侧开裙，因为有合适的形体礼仪操持着，让我们看上去并没有什么不得体。现在想来，女服务员的制服最打眼的其实还不是那件高位侧开裙，实际上是那件纯白色的小围裙。还要提及它，实在是因为它非常精致和短小，除去一圈的花边，内围怕是只有婴孩的口水兜那么大了。我们那时也都还不知道，我们这些在酒店的工作人员，无意间也是被当作商品在顾客的视觉需求中出售，制服讲究便是要对其装扮。我的记忆中看不到自己，一幕幕出现的都是刘琳无事时双手插在围裙兜里歪斜着依在吧台上的样子。围裙兜子委实太小，两只手委实是放不下，这让她本来俏皮的模样又多了一份暧昧味儿，有点“小风骚”。那个时候，我和刘琳还不太好意思说出“风骚”“性感”这样的词。多少年后回头看，那么个纯白色的小围裙实在就是性感之物，也就怪不得仲鸿一看到刘琳那模样就要上前去提示她不要那种姿势站，不要把那件小围裙给扭得那么“性感”。刘琳易恼，这时多半会回他一句“汽线”！“汽”字不恼时音应该是“七”，发这么重的音，我们便觉得怪，听到了便要哄堂大笑，个个学起了刘琳说“汽线”。而仲鸿多半像只被别人识破伎俩的黄鼠狼灰溜溜走进他的水吧台里，脸上却不恼，有时还会跟着我们一起笑。但不管怎样，下次见了，免不了还是要上去叫刘琳不要那么站。

刘琳那时在读成教，出来打工是为了避风头，因为被男生追求到不能出门，导致大学也没能顺利考上。用东北人老徐的话说，肯定是让那男人尝到过甜头，不然怎么能这么痴迷。老徐也不大，比我们四个人中最大的仲鸿大三岁，二十四岁，被我们称作毒妇。“小风骚”便是她对刘琳的戏谑用词。

这个酒店在海边，十分偏远，根本没有公交通到这里，来这里的客人是直奔酒店其他的娱乐来的，打保龄球，洗桑拿和泡夜总会。因着这局限，来我们西餐厅消费的除了客房的客人多是桑拿部的小姐领着客人来。专门开车来这里吃西餐的实在没有。

仲鸿或者喜欢刘琳，但不知为什么他那时却明着跟桑拿部的一位小姐交往。桑拿部的大块头经理知道这事，突然就跑到西餐厅的水吧台冲仲鸿说："你一个被学校开除的学生充当什么研究生，嗯？还要挖我的墙根，小子你活腻歪了，信不信我开了你？"仲鸿当时在试制鸡尾酒，刚调配得当，正得意地拿着水果刀切一粒罐头樱桃。樱桃刚捞出来，湿漉漉的，仲鸿提着樱桃蒂突然把樱桃一摔，拿着刀冲着他回说："不信！"大块头经理没管那把流着樱桃汁的水果刀，冷冷地说："那你明天等结果"。

根据酒店的情势，这种事无须说，第二天仲鸿当然被开了。没办法，整个酒店的营业收入都靠桑拿部带动。

那时因为珠海房地产泡沫，酒店后面的别墅群有几栋被拿出来当员工宿舍。两层的小别墅，一层有五六个房间，因为房间里贴有高档墙纸和铺有柔软的地毯并不给员工住在里面，我们只是被安排在客厅或走廊宽阔处居住。高低床，上面放东西，下面住人。女孩子爱整洁，一层楼住下十几个人也并不觉得混乱。仲鸿来告别，九香住走廊，离门近，听到是仲鸿，过去给他开门。她早起了，床帘也已经收了起来，我跟毒妇还没起床，只好让仲鸿先在九香那边坐着。九香上早班，要去餐厅吃饭，待我跟毒妇洗漱好，仲鸿便过来我们这边坐。因为是跟领导干架被开除的，仲鸿脸上并无羞愧，像平时一样跟我们嬉笑着。五人的关系中也没有特别好坏的，只是性格不同，九香喜欢独来独往，毒妇因为嘴不饶人大家有点烦她，但她性格又开朗，所以与人的关系到底也没有坏到哪里去。我跟刘琳的年纪相仿，平时可能走得近些，多出双入对。所以，毒妇便指使我去叫刘琳出来，说，仲鸿人家等着呢。我其实是多少感觉出仲鸿喜欢刘琳的，心里也知道仲鸿与我们告别多半是为了看刘琳，所以坚持不去，希望他自己去。仲鸿无法，面上有些落寞，嘴里却说“还是我去吧，大人不计小人过”，他这话是指原谅刘琳以往对他的态度不跟她计较。说了这句他脸上又是笑的。厨房的门是实木门，外面的人听不到里面的动静。等我们探出头看时，刘琳已经出来给仲鸿开门。待彼此说了两句，仲鸿便进去了，直到我们要去食堂吃饭准备上中班了也未见他们出来。别墅的厨房窗户是很大的格子窗，里面不拉窗帘站在客厅的露台上能看见一个四十五度的角，视觉深度刚好是水池到中岛柜的距离。我进去过刘琳的宿舍，她的高低床就放在中岛柜的另一边。她坐在床上，中岛柜刚好做她的梳妆台。这时的厨房还没有安装电器，墙上也没有安装吊柜，只空旷的地方放了连排的多门壁柜。壁柜又大又精致，看起来倒像是衣柜，衬得房间也像是一个姑娘的闺房了。

刘琳本来跟她的同乡共居厨房，同乡是酒店前台的一名接待，会流利的英语，总是跟一个澳门的赛车手出去，几乎不住在宿舍里。

我跟毒妇去上班，路上毒妇恶狠狠地说，仲鸿这不是第一次进刘琳的宿舍，刘琳有次背靠水池站着，仲鸿就跟她面对面。后来刘琳去上晚班，毒妇问及仲鸿要去哪里高就，刘琳傲慢地把脸扭走了。后来，毒妇逮了空又找我说，装什么清高，不喜欢人家在人家面前卖弄什么风骚。这个事情我当时自然是没弄明白，后来猜想，因为避事，只身孤独在外乡的刘琳或者是渴望有一个人来宠爱她的，所以有可能对仲鸿的追求并未能完全拒绝。

我还没过试用期就被姐姐要求换了工作，去了另一个城市做商场营业员。这个城市就是我这次返回的深圳。仲鸿说他换了很多个工作，传销都干过，但也正是传销的那段经历让他后来成了一名优秀的业务员，最后自己当上了老板。我后来早早结婚生了儿女，现在一对儿女都大了，都在上初中。我个人呢，因为要照顾孩子成了一名职业的家庭妇女，随着孩子长大，我的时间充裕，最后成了一名专栏作家。也不出名，顺当的时候，一般能接上两个专栏。除此之外，偶尔也会接到攒书的活忙上一阵子。出于一个写作人的习性，我喜欢回忆，所以接下来我与仲鸿用将近一个下午的时间来讲述我们共同经历的往昔。也因为仲鸿那本画册的帮助，我们都能清晰记起对方穿着西餐厅制服的样子。那是我们第一次穿上那么漂亮、好看的衣服，脸上露着与衣服不协调的扭捏和装腔作势的优雅。我们穿着那样的制服学习端盘子，学习说“请”，学习说“欢迎光临”，还要学习微微倾身，下腰，然后点头说“谢谢，请您慢用”，或“您慢走，欢迎下次光临”。

我以为我们只能聊到我离开前的酒店记忆。不想仲鸿说他后来做酒店用品的业务员时遇到过刘琳。接下来他又用刘琳的记忆为我讲述了后来西餐厅里的故事。如我期待，那个江西的女孩九香过了试用期，安稳地在那里上班了。又听说她后来变得很漂亮，也很开放。在西餐厅工作了五六个月后终是跟从了带她出来的老乡入了桑拿一行，更名叫阿香。并很快被一个客人看上，成了一个富人的二奶，住在珠海西区一个望海的半山别墅里，院子里有个一亩的荷花池。毒妇真实身份更是惊人，她原来是一个房地产商的“小老婆”，十七八岁时便嫁了人家，生了个儿子，因为房地产前几年成了泡沫，房地产商逃回台湾，她守着十几栋还没安装门窗的楼房硬是没有吃饭的钱了，所以出来做服务员给人打工。这事没能瞒住大家，是因为有一天她那个台商老公派人来找她要儿子，事情都抖搂了出来。抖出身份后的毒妇后来也离开了酒店，待西餐厅最初的五个人只剩下刘琳一人的时候，她成了领班。这时的服务员队伍已经扩展到十三个人，宵夜生意尤其好。但是她也没有在那里做多长，因为第二年她要回老家参加考试。说来，她走时应该就是现在这个时节。

故事到这里告了一个段落。我们起身去火车的餐厅吃饭。

这时仲鸿开始谈他的生意，我对他生意上的事没有多大兴趣，不怎么接他的话，他喝着酒自顾自地说，我听着他的故事偶尔陪他喝两杯小烧。火车上的饭菜太难吃了，仲鸿能吃下，我想，全靠了他的诸多回忆把饭菜给送下去的。

火车进入黑夜也就进入了江西地界，这让我又想起九香，开始拾九香的话题。我说，那么老实巴交的女孩怎么会成了桑拿小姐呢？又怎么会成了别人的二奶？十六年过去了，她后来怎样了？仲鸿没回我，看样子他也不能知道得更多。但不管怎样，能确定的一件事，她如今也是要进入中年的人了。我只是不知，我与她在我们的此生里是否还有可能再次相遇，又需要怎样的相遇我们才可能认出对方。

从餐厅回软卧后，我与仲鸿又聊了一会。睡前，仲鸿说他下周要去长沙，我说，喔，我下周也要去长沙开个会呢。我说："不知刘琳现在在哪，若是在长沙，我们或者可以去看看她。"我有点自言自语。我感觉仲鸿不想谈刘琳，因为之前他说又见过刘琳时，只说到刘琳跟他讲的西餐厅后来的故事就打住了。我问刘琳后来怎样了，他没有接话。

我自言自语之后，没想仲鸿却接话了，说："对啊，我们不如去看看刘琳。"

"我走时记了她的通信地址，但这么多年了，早不知道把地址弄哪去了。"我这么说话还是喃喃自语的。没料到仲鸿又接话说："我知道她在哪里。"

"喔，那太好了，下周我们在长沙碰头后去看看她吧。"

火车进入隧道，之前一直隐隐作响的"卡踏卡踏"声这时被无限放大，充斥着车厢里昏暗的空间。世界上好像除了这震耳的声音外，什么都不存在了。对面，仲鸿好像在自顾自地说着什么。我看着他，没有接话，因为听不清他在讲什么。我突然有个奇怪的感觉，他好像也不需要我接话，只是想趁着昏暗和喧嚣说点什么。

去看刘琳这个想法在当时的情景下并没有不妥。当第二周我到了长沙，在仲鸿住宿的潇湘华天大酒店再次见到仲鸿的时候却犹豫了，我说："刘琳会想要见我们吗？"

仲鸿说："不知道。"我们在酒店的西餐厅共进晚餐。仲鸿先是讲了他的生意，说他是顶着另一家酒店用品供应商的名义来谈这桩生意的。对方像潇湘华天大酒店一样是五星级酒店，这样的级别用他的小公司不太好谈条件，对方会看不上。说着他给我出示了听上去名头更响亮的一个大公司的西南区域总经理头衔的名片。递过来时，他用一个商人的狡诈嬉皮笑脸地说："小职务，但小职务有小职务的方便，小职务才能灵活办事，也更方便能为魏总经理您效犬马之劳。”这话里有话，肯定是他那一道的双关语，我不解也罢，只配合地笑着“笑纳”他的名片。接下后，我说：“再来张正版的。”

仲鸿便又嬉笑着说：“正版的就是董事长了！”

“那不更假了？！好吧就这张。”末了我又问他，“地址、邮箱什么的都是真的吧，能找到你吧？”

“保证都是真的。离不开我，还给我发着工资呢！”

“专家骗子！”

“这意思差不离。难得是专家级别！”

说笑间服务员撤了扒餐，上餐后水果和甜点。我要的是冰橙和提拉米苏，仲鸿要的是一瓶白葡萄酒。

刚才因为服务员在收拾台面，仲鸿的嬉笑态度也收敛了些，中间约有两分钟的空当我们都是沉默的。在这沉默的气氛下，有那么一刹那的时间我觉得仲鸿与我上次在火车上见到的他有些不同，但哪里不同，我一时又说不上来。等服务员走后仲鸿突然说：“见刘琳之前，我给你讲讲后来我见到刘琳的故事吧。”他自顾晃着杯中的白葡萄酒，说，“就从我见到她的第一天开始讲。”他这么神经兮兮的，倒是应了我之前一刹那间的疑虑。我们坐的是卡座，周围有些噪音，但并不比餐厅背景音乐更嘈杂。如果心静倒有点闹中取静的感觉。

仲鸿喝过一口白葡萄酒后把杯子放下，开始了他的讲述。

你知道吗？我见到她的时候，她正在餐厅后面分捡脏碗。是西餐厅撤下来的碗，乱七八糟，盘子和食物掺在一起。她在分捡碗的时候偷着往嘴里塞东西。对，这已经是三年后，我刚做业务员不久，去一家酒店送桌布。我坐在车上等酒店的仓管来验货，我在车上抽烟，往外扔烟头时看见她在吃东西，觉得这个人真是恶心，竟然吃那么脏的东西。人是个贱物种，心里反感，却还是要看。我下了车，又点了一支烟装着不经意地走过去，问她："能帮我喊一下你们的黄部长吗？"她听到我说，也不抬头，把嘴里嚼的东西咽下去抿抿嘴继续干她的活。我这么说并不是我一厢情愿认为她听到了，后来证明她当时确实清清楚楚地听到了我的话。她只是不想回我话。我反正无所事事，抽着烟又向她走近了些。在几个盛脏碗的箱子间有两个酒盒子，一个放着从箱子里捡出的餐包，一个放着 T 骨扒。等我就要接近她了，她忙拿东西掩盖了起来。

我早就看出她是个年轻的女孩子，这么年轻的女孩在后厨打杂很是少见，当时我等不着人极其无聊，向她靠近，心里多少有点挑逗心态。

把东西掩起来后，她倒是不在乎有个人看着她。她右脸上的灼伤露在外面，我一下就看到了。伤早就好了，猩红色的伤痕却是显眼，在右眼那边，右眼伤着一半，也就是在眼角的地方上下眼睑糊在了一块，眉毛也少了半条，再过去，头发也少了一块。全部加在一起也就一个人的掌心大。面积不是很大，但很突兀，看了足以让人心头一惊，就这样，我还是看出了她是刘琳。

我小声问她："你是刘琳吗?"

她在这里可能不叫这个名字，一下子没反应过来，过一会才受惊似地抬头看我，全然忘了她脸上的伤疤和惊慌。她认出了我，用粘满油迹和番茄酱的手一下子捂住那块伤疤。你不知道，她这一捂她就又回来了，露出还是三年前一样黑黑的眼睛看着我。

我确认是她心里立即慌了，忙冲她说："刘琳你在这等我，等我把桌布交了来找你。你一定要等我，刘琳，你一定要等我!"

她没有等我。好在有人知道她住在哪里。我跟她同事说我是她表哥，然后很快找到了她。

她只是个洗碗工，连合同也没签，酒店没给她分员工宿舍。她住在酒店附近的出租房里。漆黑的楼道里的一小间。里面还住着她的父亲。

对，这年香港刚刚回归。对，在地王大厦后面的蔡屋围住着。对对对，刘琳上班的那个酒店与你做营业员的商场只隔一条街。对对对对……

事情是这样的。刘琳第二年回家考试。考完试就遇着之前追求她的那个男人。男人知道她考上大学，在夜里放火，烧了她们一家。用的是汽油，把几间房子浇了一圈。她奶奶，她妈妈，都在那场大火里死了，她父亲重伤，浑身没有皮，手指关节因为皮紧不能弯曲。几乎身上所有关节处都需要动手术切皮松弛，且做一次两次还不能解决问题。她除了伤了脸，还伤了腿和脚。我见着她那时，她的父亲还需要天天推拿活络筋骨，那样子难以自食其力，刘琳为了医药费只好带着父亲出来打工。

我们一直有往来。但我再没有见过刘琳像之前那样笑过，你还记得她有两个虎牙吗？她笑起来有两个酒窝，还会露出两边的虎牙。相处了一段时间，我与她父亲也熟了，刘琳不在的时候，能架着他去上厕所。——对，你肯定没见过被火烧过的人，他没有鼻翼和嘴唇……喔，不说这个了。刘琳父亲以为他女儿是为了他不肯接受我的追求，一天，趁她去上班服安眠药自杀了。安眠药是刘琳平时用的，父亲爬着找到它，全吃了下去。我不知道刘琳之前有多么悲伤，她父亲死后，她的悲伤好像才一下子爆发出来。她疯了。她的疯是天天笑。她还那么年轻，才二十三岁，除了脸上的那块疤，她笑起来依然很好看。

为了给刘琳换个环境，我在民治租了一套农民房。我出去谈客户或送货时，只好把她锁在屋里。也是奇怪的，这时我的财运来了，自己接了一个大单，我抛开了老板，自己做下了这张单。我觉得这一切都是因为我帮助了刘琳，我善有善报。我拿到第二笔货款的时候，就把刘琳送到了康宁医院治疗。我一直没少赚钱，但也都给刘琳治疗花了。治疗也是有效果的，刘琳后来能正常生活了。大概是见到刘琳的第五年，我们一起把她父亲的骨灰送回了她的老家跟她母亲合葬。

那个男人判了死刑。要处刑的时候，她突然不见了，回了长沙。然后她住在长沙再也不愿意出来。

我这时娶了妻，但一直无子女。在我一次去长沙看刘琳的时候，她主动与我发生了关系。后来她为我生了一个女儿。女儿很漂亮，跟她一模一样……

仲鸿说到这，严肃的脸上突然笑开了。也似乎是这一笑，使他泄气了，满脸疲态，好像再也说不出话似的显老了许多，人有点堆在座位上的样子。

我都有点认不出眼前这个人了，我说："仲鸿。"

仲鸿说："啊？我讲到哪儿了？"

我说："讲到你们有了女儿。"

仲鸿说："哦。"

我等着他说下去。

仲鸿却突然问道："你觉得我变态吗？"

"不，一点也不。"我说，还摇摇头。

"嗯，你还想去看刘琳吗？"

我冲他点点头。

我自己都觉得点头的时候太用力了。我点头的时候一直在想，原来刘琳带着父亲在深圳的那两年，我们其实住在同一个城中村里，或者我们天天擦肩而过。我竟没有遇到过她。

“那便说定了，明早我开车去接你，我们去看望刘琳。”仲鸿说这话时已经又坐直了身子，只是再没有恢复到嬉皮笑脸的状态。

第二天上了仲鸿的车，车子往城外开，我问仲鸿：“刘琳不在市区吗？”真的就要见到刘琳了，我心里才突然升起期盼。要说实话，之前是没有这种期盼的。

“现在不在市区，要远些，要到出了市区的一个镇上。”

“喔，没事没事。”

出了市区，车子驶向一条县级公路，正是初春，郊区阳光明媚，从副驾驶室望出去，视野大好，树木和田野都在飞快地向后移动。看久了，有一种恍惚之感。

再从县级公路驶向乡村，是一条水泥路，路两边远处有些村子。仲鸿在一个丁字路口停下，开始抽烟，也给我一根。

我接过烟，就着他伸过来的火点着，与仲鸿并排站着。隔十来米的田野里有几棵落羽杉，新的枝芽还不显眼，远远看上去更多的是失去绿意的陈年旧叶。几棵落羽杉并不太高大，但也不瘦弱，看上去，长势尚好。

仲鸿抽完一支，又把芙蓉王金装盒掏出来拿第二支，先是递给我，我表示还有，等会。他便自顾自又点上了一根。我平时不太抽芙蓉王，以前多是抽些薄荷烟解闷，接了仲鸿的第一根我也并没有抽上几口。仲鸿吐完一口烟突然说：“前面那两个大的坟一个是刘琳爷爷奶奶的合葬，一个是刘琳爸爸妈妈的合葬，旁边的那个小坟是刘琳的……”

仲鸿漫不经心地说完这些话后就停下来了，继续抽着烟。

我惊了一下，用力踩灭第一个烟头，然后伸手向仲鸿要烟，仲鸿也默契，给了我一根，又像之前那样打好火伸过来。没有风，火头只在他伸来时抖了一下又纹丝不动地站好。我看了一眼仲鸿，他此时眼里似乎并没有太多的悲伤。我拍拍他的肩膀似谢他又似安慰，然后继续跟他并排站着抽烟。

都到了刘琳跟前了，自然是要上前去看看她的。墓碑上的她笑着，露着酒窝，偏斜的头发上夹着一个红绒绒的发卡，看装束打扮应该还是少女时期的照片。

“这照片应该是去酒店前拍的？”总得找点话题，我说道。

“是去珠海前照的。因为家全烧了，什么也没有留下。受伤后她拒绝照相，这张照片是从她表妹那里的合影上剪下来的。”仲鸿双手插在裤兜里回我，眼睛并没有看着刘琳，而是看着坟墓之外的田野景色。

“你要是早说刘琳不在了，我也带点纸来烧。鲜花也好，总比空手强。”我并不是埋怨仲鸿，是觉得有点过意不去。

“这些不重要，我经常就这样空着手来，来看看就走。难说人死了有灵魂的，一切的形式不过是活着的人自我安慰。”仲鸿这话深沉了，我却不想与他争论什么。

我们都站着没动，仲鸿突然转身往车的方向走，我也只好跟着。走了两步我自然是回头与刘琳作了告别。从我们到刘琳的墓前至离开，总共不到十分钟。

回到车上，我们沿来时的路回市区。不知仲鸿什么时候开始哭泣的，我本来一直看着前方，听他抽泣才看他，已见他泪流满面。我叫他停下来，与他换了位置我来开。一个哭泣的人我实在不信任他的心是镇静的，为了我们两个人的安全起见，我想还是我来开得好。车是小别克，尚有七八成新，车里挂着一个像刘琳相貌的小女孩的照片。水晶的那种，两面可看，细看又像是立体的，像一块玻璃中坐着一个小人偶。应该是一岁多孩子的照片，笑得很可爱，露着两颗门牙。我是否应该跟仲鸿聊聊他们的女儿？几次侧目看仲鸿，他依然在抽泣中，神情恍惚。

到了市区，仲鸿情绪好了，仍换他来开。我让他送我到我住的酒店，仲鸿说：“还是去潇湘华天大酒店吧，我之前常带刘琳去那吃饭，权当是再纪念一下她。她的亲戚我都不熟，现在我认识的人中只有你认识她。”

我还有什么好拒绝的呢？虽然与刘琳只是短短几个月的相处，因为一段共有的时光，因为后来的回忆，她现在在我心里几乎成了我最亲密的朋友了。她此刻在我的记忆中是那样的鲜活、俏皮，还有她的两个酒窝及双手插在围裙兜里“小风骚”的模样仿佛触手可及。

已过正午用餐时间，离下午茶的时间还早，西餐厅里散坐着几桌客人，我们昨天坐的位置是空的。仲鸿径直走了过去。

“你还坐那边吧，这边是刘琳以前常坐的位置。”他说着伸出右手示意我说，“右手边是墙，别人看不见她的伤疤。”仲鸿这时已恢复嬉笑语气。

待坐定，仲鸿掏出皮包拿出一张名片来，说：“这是我的名片。小职务……”后面又说了昨天说的那番话。

我知道他在跟我开玩笑，或在做一个能让人放轻松的而只有他自己享乐其中的游戏。我笑着接过名片，看着他，想看他还玩什么花招。

我这么看着他，他把嘴巴反而闭紧了，低下头像犯了错的孩子。“好吧，这个游戏不好玩。我以前每次带刘琳来这里吃饭都做这个游戏逗她开心。很蹩脚是吧，但刘琳就是觉得我很蹩脚才笑。”

“哦，看来把我当她了。不好意思，我不明就里，扫了兴。要不你再来一次？”我自然是笑着这么说。

“没把你当她。是因为你也认识她，让我觉得离她很近。”

我叫了西多士、热奶茶和蛋糕。虽与仲鸿依然说笑着，心里多少还是有些压抑，想吃些甜的食物。仲鸿叫了主食，饮料仍是白葡萄酒。

话已至此，谜底已经揭开，突然觉得我们再没有什么可聊的了。拾起刘琳的话题显然又会让仲鸿忧郁，我看看他，他看看我，一时间我们就那么干巴巴地坐着。餐厅的背景音乐在进入下午的时光后显得清亮了许多，再没有刀叉的嘶鸣声和牛肉的尖叫声搅乱那些声音的抒情和诉说，它们似乎更容易打通身体，直抵人心。我一时感到仲鸿的内心没有那么简单，他不开玩笑的时候锁着眉头像还有什么事紧紧地抓着不放。可，是什么呢？我们不能再聊下去了，我虽是一个爱收集故事的人，但因为我们曾经有一段亲密无间的青春时光在那里作证，我不能只把仲鸿和刘琳当成故事里的主角，我会一不留神就掉进那些故事的沼泽里，成为故事中的一员，成为一个不合时宜伤感的人。

这么多年生活过来，从一个无知少女到将近中年，我何尝不是因为学会了摆脱种种牵挂和世俗的纠缠才落得一颗清静之心？我常常需要挂一筛漏来清理这个世界与我的关系。我就只是我，我不是别人世界的黏合之物，我想清清爽爽、了无牵挂地活着，所以写作的世界与我再合适不过，似乎只需要与它耐心相处我的世界就已经丰富多彩；而我毅然选择它时，虽也曾撕心裂肺抛弃荣华。——也似乎正是因为从中经过，我知道这世界上的每一个人都有一身的黏着关系，一时半会摆脱不掉，这些关系让他们痛苦、纠结，常常在进退两难中煎熬。

待撤了餐盘，仲鸿依然愁着眉。我带着复杂心情起身告辞，仲鸿见我起身突然着急起来，说：“红玉，红玉，别走，再坐一会，再坐一会……”

我看了看手表，跟他说晚上有个宴会要参加，我还得回酒店换身衣裳。他说：“就十分钟，就十分钟。”

我犹豫着再次坐下。餐厅里，煞白的餐巾折花像一只只僵死的白鹤孤独地站在高脚玻璃杯里，桌面上的墨绿色暗花桌布是我们记忆中的样子，刀、叉、汤匙依次排着，泛着微光和莫名来的变异的倒影。因为顾客稀少，一个领班模样的人依次关去一些射灯，有些地方就刹那幽暗了。就在这明暗交替的过程中，一些光在毫无准备的情况下出于无力挣脱，只好悲伤地把自己抱成团就地萎缩了下去；它们彼此看着另一个自己，对黑暗压来的世界感到心力交瘁、无能为力……

我坐下后，仲鸿招手叫了一支白葡萄酒，他显然有把自己灌醉的念头。他谢绝了服务员的服务，自己把酒倒入杯中，也给我倒了一杯。

他问我：“你想知道刘琳是怎么死的吗？”

我没回答他。我想，此时的我其实无需再做什么，我只需是一个他的朋友的形象在他面前坐着就好。

“我在长沙也有个家，家里住着她们母女，我每次来长沙就像回到了家，因为有个漂亮可人的女儿叫我爸爸。……但是，我赶到长沙的时候，刘琳已经死了，警察说是煤气泄漏使手机爆炸厨房里起了火。说是，她可能把手机落在了厨房，等睡下想起手机还在厨房起床去拿，这时可能是有电话来，也可能是她打开手机看看，手机就爆炸了。然后引起煤气瓶爆炸，家里失了火。我确认她的病好了，真的，我确认，她把孩子照顾得很好，孩子很黏她，对她一点恐惧也没有。要是她还没有好，肯定会在平时生活中流露出来，肯定会影响到孩子。但孩子没有哪里不好，孩子很好，所以我确认她没有再犯。我一直是这么以为的。然而她突然死了，如果是煤气泄漏，她应该能闻到的，她应该有警惕。她为什么没有警惕，或者是警惕时突然想到了什么？我想知道。可我却再也无法知道……她常常在我的梦里认真地看着我，好像不认识我不知道我是谁。我跟她说话，她也不回，就睁着眼睛认真地看着我。”

说到这，仲鸿停下来换了个语气说：“好吧，刘琳，你走吧，去参加你的宴会去吧？”

“我不是刘琳，我是红玉，魏红玉。”

“我知道你想走了，你的心里太苦，你想模拟一场大火，确认你在这个世界的遭遇。你无法从以前的阴影里走出来，你不能接受命运已经形成。你想重新拥有一切，拥有童年，拥有爸爸妈妈，拥有一切可以重来一次的可能。可是，每个人的人生都只能前进，不能后退，因为这个，每个人都会犯下意料之外的错误，在以后很长的一段时间里，我们都需要在这些错误中过着黑暗的日子。这些黑暗漫无边际。但也不一定，也有的很短，这取决于天使与你的缘分……好吧，刘琳，世界就是这么黑暗，你觉得苦，觉得苦你就走吧!”仲鸿认真地看着我说完这番话。

“陈仲鸿，我不是刘琳，我是魏红玉。”

“我知道你是刘琳，你换了一个身份跟我说话你也是刘琳，你身上有一种与我挣脱不了的关系，这点你无法改变，也控制不了。”

“我是你十六年前的同事，你会调鸡尾酒，能让酒在酒杯里噼噼啪啪地燃烧起来，冒着火花。我是服务员，跟刘琳一样，是服务员，你的老朋友!”我也看着仲鸿认真地提示他，我发现他的眼睛里什么也没有，只是睁着眼睛认真地看着我。我一时不知道如何是好，只好跟他碰杯，希望他再喝高一点，叫人把他送回客房。

可是仲鸿一口一口地喝下去，并没有与之前有什么两样，我本来还想问问他刘琳的孩子怎么样，现在在哪里。可是他只是那样认真地看着我，眼睛里空无一物。

万家灯火

三月上旬，老王就买好了细麻料。她想，到五六月里天就很热了，衣服几乎得贴身穿，粗麻料会使皮肤痒，尤其是小孙子，皮肤嫩，摩擦不得。

自然是先做小孙子的，孩子就在眼前，身量多少她心里有底。儿子去南非一年半了，看视频黑了些瘦了些，带去的衣服也空了一圈，老王就想，这麻料衣服也得剪小一圈，太大了穿上身，显得一个男人不利落。至于儿媳的，她想也好办，趁她不在家，把她的外套拿出来量量就好了。

就这样，老王每天送完小孙子上幼儿园，就开始了缝制衣服。这里不是老家，她那台老式的蝴蝶牌脚踏缝纫机帮不上她的忙，只能像给小孙子做棉绸子睡衣一样用手缝。还好的是，老王的眼力神还行，戴上老花镜穿针引线不是问题，更何况她还从地摊上买回了穿针器，只要穿针没问题，缝衣更不在话下。老王准备着这些，信心满满，想着衣服穿在孩子们身上妥妥帖帖的心里就挺高兴。

老王除了日常家务、缝制这三件衣服外，每天还要花上些时间做功课。搁以前，早上送完孙子回来，细致收拾好厨房，孙子、儿媳的房间，再扫扫地，搓洗两三件孙子的衣服，就差不多到了九点半。现在，老王把这段时留给了缝制，而这些的家务活其中部分只好提前做了，也所以老王现在比以前早上起得更早。但这样的细碎生活无论怎样变化，十点准时，是老王打坐的时间。打坐对老王来说相当于调息，下坐后精神都很好。然后独自用过午餐，把洗衣机里的衣服拿出来晾晒好，就又开始了下午的功课。念《无量寿经》《阿弥陀经》《地藏经》《金刚经》。她也不着急，想起来时抬头看看时钟，三点半前，念到哪段是哪段。停下来活动活动手脚，就又开始了准备晚餐。要是有需要熬制的汤菜这时就可以上火了。在岭南生活了三年多，煲汤、清蒸、炖盅、煎炒，老王都已经做得很拿手。之后把炒菜类洗好，切好段放着，等接完孙子回来下锅炒炒就成了。常常是孙子在房间里看动画片她炒菜，偶尔祖孙俩会冷不丁走过去看看对方，觉得对方好好的，就笑一个，又回去忙自己的。吃晚饭一般不等儿媳，只是给她留着饭菜。这情况是儿媳要求的，她也没什么话说，就依循着。

生活方面，老王好习惯好脾气，儿媳对她是很满意的，知道她守了过午不食的习惯，下班总带些时季水果回来给她当晚餐。岭南的水果种类也多，一天一个花样，一星期五天样法重不了。水果也买得好，单从品相上看水灵灵的个个好看，吃起来口感也不错。儿媳热饭吃饭她削水果，削好了放冰箱里一会儿，等儿媳吃完饭陪孙子玩，她把自己的一份拔下来，递过去，孙子总不忘说声“谢谢奶奶”。有时孙子也会忘了说谢谢，儿媳就会和风细雨地提醒孩子说“小宝，还没说谢谢奶奶呢”，孙子就会笑眯眯地学着妈妈的腔调说一遍“谢谢奶奶”。

老蔡在时，会不高兴小孙子谢来谢去的，说：“一家人，谢什么谢？你只谢你妈一个人就好了，对我们两个老东西不用说谢！”这时小孙子听了一定是不知如何是好，要是原本站着就会站着一动不动，要是原本望着他，眼睛就会一眨不眨地盯着老蔡。老蔡见孙子呆了，心里又会有莫名的气，但也不能拿孙子怎么样，只好长叹一声转身往他跟老王住的屋里去。这样的日子老蔡过不长，每次从老家来住个把月又赌气回去了。

小区里的杧果树上挂满杧果的时候，就到了五月。孙子、儿子、儿媳的三件细麻料衣服都做好了，裁剪前缩水洗过，这会儿拿柔顺济泡泡就好了。这天天气也好，早上送了孙子儿媳走后她搁着锅碗先洗了这三件衣服，晾晒后才开始做日常家务。到下午去接孙子前就干了，她也就收了下来折叠好放在自己的房间里。

儿子一个月跟家里视频两次，时间定在月中和月末的周日上午十点，也就是北京时间的下午六点。开始最在意这个时间的是孙子，随着时间慢慢碾过日子，把孙子的个头越碾越高，小孙子变成了大孙子，小家伙跟她的儿子也就生疏了。小家伙觉得爸爸真是没什么出息，每次说的话都差不多，看来在南非没学到什么新奇知识，他提出的很多问题爸爸都回答不了，心里就有点把曾经像天一样高的爸爸看轻了。老王刚开始对小孙子的这种态度有点不太满意，总劝他说，爸爸是逗你的，爸爸其实什么都知道。爸爸之所以不告诉你，是想你自己去寻找答案。小孙子可不满意奶奶这样的劝说，气壮山河地问奶奶："爸爸什么都知道为什么不回答我？我看还是不知道。哼！"老王瞧着小孙子那神气劲有点小气又消了，想着，总有一天他什么都会明白的。老王现在即是这样，对这世间的一些杂碎事并不怎么看重，她觉得每个人都有他自己的造化和生命过场，这些东西早晚都得自己从中体悟和消化，其他人替代不了。所以，生活中许多的事，老王只静观着，并不阻挠。日常生活隙间，让她有所困扰的是她打坐时的一个幻象。这个幻象在近半年多来一再出现，多是在她上座二十来分钟时，诸多妄念已经褪去，只剩下身体的呼吸和腹部起伏。这时，佛祖会在她冥目的上前方出现，静静地跏趺在莲花座上看着她，也并没给她什么教化和交谈，只是那么坐着。老王就想，这可是要接我往极乐去了？她这么一想，立马反观起自己的当下及当下生活，她若这就要走，眼下这一家人的生活可怎么办呢？

儿媳向来没怎么跟在南非公干的儿子好好聊过天。这点上老王是有点不满，她想，你就是形式上也要问候问候你丈夫的身体吧，服不服水土啊什么的，哪能由始到终都不过问呢？这对年轻夫妻的问题她心知肚明，要以一颗感恩的心来评价这事，老王想可能还要偏向儿媳那一边多点。唉，都是命。老王每想到这就叫自己打住，心里念起“南无阿弥陀佛”“南无观世音菩萨”。

周六通常是儿媳带小孙子出门玩一天，周日在家休息。这天也不例外，老王期盼的是下午，她会在五点半前把饭菜做好摆好，心里念过诸佛菩萨后叫孙子跟儿媳上桌吃饭。小孙子见奶奶低首合掌心情高兴时也会跟着念，她这时就会格外把念诵放慢点，好让小孙子跟上。照说晚上吃饭前是不用念的，她不吃，但小孙子吃，所以老王这是为小孙子念。老王也有她愚钝的时候，晚上为孙子念供养偈便是其一。也或者她知道自己的时日不多，能为孙子做的事只能是在这个事上了。

用半个小时吃完饭，刚好到了六点，老王一边收拾餐桌一边留意儿媳可有把电脑笔记本拿到客厅打开。要是过了点还没见儿媳出来，她就会使唤小孙子把水果盘端进去，她知道儿媳会明白她的意思。事实也是如此，每次儿媳都能恍然大悟。然后视频就开始了。最先视频的当然是小孙子，他听见爸爸在电脑里问，小宝在哪里，会变着孙悟空过去，有时也不都是孙悟空，看心情，有时也可能是沸羊羊，扎着展示肱二头肌的架势一步一步地就去了。老王喜欢看这样的情境，每次看到心里总是很感恩菩萨。

要说这世间还有她留恋的，怕就是眼前这个混沌未开的小孙子的天真无邪让她不舍了。而儿子、儿媳她现在细想想其实都是可以放心的，每个人都有自己的造化和生命过场嘛，到了他们这个年纪，这一切早已因缘注定，没什么可让她操心的了。就是毛躁的老蔡她觉得没有了她老王在也是能收住性子跟儿子儿媳好好相处的。毕竟都不是大恶之人，平日里有点小情绪小烦恼性子就急了，这时心起了嗔怨也都正常。他之所以能那么使脾气其实老王又何尝不知老蔡这是信任她倚依她呢！也因为每个人的因缘早已注定，每个生命都必须从中经过方才得悟道和解脱，所以，基于这点上她也是不能去干预的，她唯一能做的是请诸佛菩萨加持给他们智慧和觉醒。

那边视频开始，老王并不着急过去，小孙子跟她儿子开场了没，说到哪了，她胸有成竹地掐着时间呢。其他的之前早早就收拾好了，只是几个饭碗和菜盘老王很快就会洗好。老王这天看到的在南非的儿子还是嘴歪着在跟孙子说话。孙子调皮，爸爸说不清楚的话会学爸爸，儿子在那头也不生气，只是停下来笑着看镜头。对调皮的孩子没办法的样子。儿子微笑着的时候，其实歪嘴不是很明显，老王想。老王这天出乎意料听见儿媳问儿子：

“最近睡觉怎么样?”

“嗯，老样子。能休息好。”

视频里的儿子照例歪着嘴回答儿媳。老王看见儿子这样，心里总不忘念一句“无量寿佛”，这自然是为儿子念。无量寿佛其实也是阿弥陀佛的名，老王回向给儿子时总是这么念。

儿子在视频里看见她，会主动跟她打招呼，叫她注意类风湿，岭南天热起来雨水也多，湿气上来老王就容易犯这毛病。老王说好好好，这些我都记得呢。

老王跟儿子说上几句话后心里就很满意了，会自觉走开，让孙子、儿媳跟儿子多聊会儿。她去了自己的房间。这个房间是客房，空间小，起初装修时就是为老人准备的。贴着窗户过来一米三做成了榻榻米床，床上方一头——也是镶进墙里三门衣柜的一头——可着榻榻米床宽装了一个外延的哑光不锈钢架用来挂常穿的衣服。衣柜对面放一张六十公分宽九十公分长的简易桌子，桌子下摆着两个蓝色塑料凳——也正是所有的这些构成了老王房间的空间，整齐利落，没有任何可拖泥带水乱摆东西的地方。在她的房间老王隐隐能听到客厅里的对话，他们似乎还在谈儿子睡觉的问题。

四五年过去了，儿子仍然睡不好觉，老王知道这个。她还给儿子介绍了一位禅师指导儿子静修调养。

这事说起来也是话长。

儿媳生孩子当时，儿子从外地连夜开车往回赶，因为大雨出了车祸，直到儿媳小孙子出院他还没有醒来。待一个星期后醒来，身体其他都好，就是吃饭不太会自己吞咽了，不会说话了。好生休养、康复治疗了半年多，待吃饭说话利落，儿子才回到原单位上班。还好的是儿子头脑思维和手脚动作都没坏，能继续胜任生物研究所的工作。头天灾式的半月，老王家里、医院两头跑，后来儿媳打电话叫来了孙子的外婆帮着一起带孩子。一个月后，儿子出院，儿媳则给他另外租了一套房子由老王照顾着一同居住。

儿媳当初如何打算的老王并不想计较，一天里计较放不下的是老蔡。反正是不能提不能讲事发一年后儿子才回到了原来的家里这档子事。儿子三年的康复期过了，除了嘴歪，个别字词吐不清音其他什么都好。这时，孙子的外婆回老家带自己的亲孙子去了，老王从老家来接替了她的位置，负责煮饭，做家务，接送小孙子上下学。儿媳自小城里长大，娇生惯养惯了，眼里没活，老王也不计较，自己能做多少做多少，今天做不完的明天做。儿媳跟儿子是大学校友，儿子考了个好专业，硕士毕业后找到一份好工作，儿媳跟儿子谈恋爱时可是巴结着儿子的。两人谈了七八年恋爱，等儿子单位分了房升了所副主任又把儿媳的工作也调了过来，两人才正式登记结婚。在结婚前，儿子还拿到了博士学位，正在申请博士后。儿子儿媳之前虽一直同居，总是没个说法。谈了那么长的恋爱，结婚自然是奔着“执子之手，与子偕老”要过完天长地久的人生去的，所以婚后就计划着要孩子。这一切，儿媳都是满意的，因为她在这个城市一切的所得都来自丈夫。但自从儿媳在产房待产时得知儿子出了事，竟没有任何言语，而是一声不吭地忍着疼生下孩子。这同时她还做了个天大的决定，要是丈夫不能醒来或不能痊愈，干脆就别回家了。出院时还抛下一句软话，“为了孩子，你安心疗养，等疗养好了再回去，大门永远向你敞开。”老蔡其实多少年来跟儿媳赌的仍是这口气。老王对这事好说些，觉得儿媳终是年轻，未经过事，处事难免沉不住气，就说着儿媳当年的话安慰着老蔡，“都是为了孩子”，“家里躺着一个病人对孩子不好……”

老王有这菩萨心，老蔡觉得都是她迷信了佛，人世间的很多真真假假也都是被这爱慈悲啥事都不要计较的佛手给屏障了，不然，天下那么多的张狂事老天爷怎么就看不见呢！老王不强求老蔡信任佛的慈悲和智慧，老蔡说她，她也不放心上，还经常为他出言不逊多念几句“南无阿弥陀佛”为他消灾。

老王早年也出过车祸，折了一条腿，右边整条小腿断了筋没接好，有力使不上，两条腿还是一样长，就是走路点巴点巴。上楼梯要先把右腿放稳了，用手按着，左腿才能抬。好在住的地方只有大门口有台阶，进了楼里是有电梯的，上下楼比在小县城的老家还省事。起初孙子上幼儿园总不让老王接送，说“你走路点巴点巴，不好看”。老王也不生气，早上由儿媳送，只晚上才去接。要说小男孩就是勇敢，放了学，孙子把书包仍给老王能一口气从校门跑到楼下，然后坐在花坛上等奶奶。到了大班孙子就不这样了，放学了也陪着奶奶一步一步地走，还自己背书包。老王打心眼里觉得孙子懂事了，别看人不大，对他好他都知道。人都是这样，心里有了爱也就没有什么可嫌弃的。转眼带了孙子三年，到了秋就要上小学了，时间真快啊。

孙子跟儿子在视频里说过再见，双方都关了视频。儿媳这天叫孩子去找奶奶玩，她要跟远在南非的丈夫打几段话，她知道丈夫虽然这时下线了迟早会看到她的留言。老王收到指令知道怎样收服小孙子，出来带孙子的时候顺便就去孙子的房间把积木桶提了出来，她要跟小孙子一起玩搭积木，垒城堡。

过了好长的时间，儿媳才关上电脑，不知怎么的，她有点难掩心里的激动情绪，就站起来在客厅里走了两圈。这时外面已是万家灯火，她看着那些明明暗暗的灯火，突然想出去走走。有了这想法她走到老王的门口，小心在门外叫孩子，“小宝，妈妈要去超市买点东西，你是跟奶奶在家，还是跟妈妈出去?”她这样问既是真的要问小宝要不要出去，也是顺便告知老王她要出去一趟。她们婆媳之间就是这样，大多时候并不直接对话，任何问题都会经由孩子那里中转来说明自己的意思或告诉对方。什么事习惯了就好，这几年相处下来，这方法还真是避免了许多的正面冲突和尴尬，做媳妇的避免事事向婆婆请示低了“当家人”的身份，做婆婆的也避免了让儿媳误解端了婆婆架子。反正后来，婆媳之间有些不温不火的场面也就很容易过去了，说起来也都不是什么大不了的事，无非是锅碗碰瓢盆、鸡毛拌蒜皮这些家常事。

小宝可能在屋里正玩得高兴，先是不出声，过了几个弹指间才回说："跟奶奶在家，你自己去吧。"

儿媳换了鞋，取了购物袋，正要出门，客厅座机电话响了。儿媳一看是爷爷打来的，又走到奶奶的房间门前说话："小宝，跟奶奶说，是爷爷打来的电话。"

"喔，喔，我接我接，你去吧。"老王说着声音近了，儿媳还未转身，她已开了房门出来。

老王拿起电话，冲儿媳摆手："去吧，快去吧。"这个电话是她叫老蔡打来的，她要劝老蔡过来。但这也只是她单方面的意思，还未跟儿媳商量，所以，老王听说是老蔡的电话，希望儿媳快点出去，他们好说话。

儿媳低头拉上门把，缓缓地关上了门。

老王知道老蔡话多，只听着，心里盘算着怎么叫他过来。好不容易老蔡把家里的事七七八八说完，才问老王，"你总叫我过去过去，她什么态度，我过去她看得惯我吗？你这个浑老婆子总把事情看得简单。我不去，去了还不是给她当保姆！给别人当保姆别人还给工资，给她当保姆没得一个钱还得赔气受。叫我去，除非她八抬大轿请我！"老蔡在电话那头嘟哝。

"你有什么可让人八抬大轿请的？一家人，隔着脸皮知道肉，别总摆架子。我跟你说哈，我这腿到了夏天说走不了就走不了了，你不来，谁下楼买菜，谁下楼接孙子？孙子秋就读小学了，小学不比幼儿园在一个小区里，离得远，我走不了路，你放心让他一个人上学一个人放学？你这几天准备好，给你电话，你就赶快叫小锋给你买票过来。”老王才不理老蔡的那些絮叨话，她也是在老蔡的面前方显出一个世俗人的弯弯道道，在儿媳和孙子面前不这样，她是很有佛家子弟的修为的，不争，不执，不妄语。在日常的言行举止中也是秉承着“诸恶莫作，诸善奉行”的原则。她也是知道老蔡的软肋的，所以避强打弱，直攻要点，凡事以宝贝孙子为重，不理你那絮叨话。

说到跟儿媳相处方面，老王对儿媳也挺满意，除了她“眼里没活”，不怎么操持家务，这三年多来的共同生活两人之间并没有什么过不去的摩擦。关系到儿子也只是立场不同，她既不觉得儿媳阻碍儿子出国有什么不妥，也不觉得儿子远离家庭出去图个人静休就会违背夫妻道德伦理。这个问题老蔡跟儿媳反倒是一条线上的，老蔡觉得就这么一个儿子了，要是总避着家庭一个人生活习惯了图一个人的清静，万一哪天生起了出家的念头可如何是好？这问题要是把他给想着急了他就会给老王压力，叫老王使法子把儿子骗回来。老王哪肯使法子骗儿子呢，她确实是知道儿子的啊，也是希望儿子得个自在空间能好好想通一些问题，以诚实健康的心态来面对世俗和他的人生。老王不依，老蔡就骂她“死老婆子”，儿媳也有好长一段时间不与她说话。

儿子在出国前，并没有与老王明确谈过，但她心里知道儿子为什么自愿出国支援，又为什么到期限了还不回来。关于儿媳，老王也总是把她往好处想的，是人都有贪念和嗔心，不管她当初是为了什么，后来总归是回心转意不嫌弃儿子想要跟他好好过日子了，这些年，她老王是由心的感恩的。想想这世间的许多恶闻恶行，摊上哪一条都是灾难。

老王守着小孙子刚洗完澡，儿媳也回来了。她把买回的两袋东西，一边分别往冰箱和储存柜里存，一边扯着嗓子跟老王说话：“奶奶，小宝爸公司的事你也知道，我三月份就跟他说过，最近部门间会有大的变动，我希望他能在这个变动前回来。照说他的支援期限早就到了，是他自己要求续援的。我咨询了公司，他要是想回，随时可以回来。您说小宝他爸这之前能回得来吗？”儿媳不知哪年随了孩子改口叫老王“奶奶”，老王并没留意，也不介意如何叫。再说，这叫法在岭南也是行得通的，媳妇是随孩子称呼公婆的。

老王正在过道里收拾小孙子脱在卫生间门口的衣服，听儿媳这话也不惊讶，手里忙着，嘴上说：“能回来。”

“我刚才给他写了封邮件，估计这两天他会看到。到时他若不打电话回来，我会给他打过去。我抽空回家来打，你也可以跟他说说话。您看，您这边有没有什么话要跟他说?”看来儿媳并没有领会老王的意思，还在按照她的思维在试探着跟老王说些什么。

“我这边没什么事。你方便时给他打就是。”老王抱了几件衣服往阳台去，后又停下来说：“他会回来的。”

儿媳看着老王点巴点巴的背影欲言又止的，但并没有再说什么。

老王这年六十有九了，生了三个孩子，老大是女儿，早就嫁了人，也是快要做婆婆的人了。老二是男孩，十多年前跟她一起出车祸为了护她没送到医院就死了。老三即是这个此刻在南非的儿子，她想，儿子才三十九岁，仕途正好，一定得让他赶在单位变动前回来。这么想着，她又想起打坐时的那个幻象，她想，要是佛祖是来接她的，这时度她走也没有什么不好，可以趁这个当紧让儿子早点回来。她太明白儿子的那股倔强劲儿，也很清楚儿子有根软心肠，这个时当她要真走了，儿子必定要回国。

这天，天气大好，进入夏季虽说更热了，但有丝丝清风吹过，正是初夏的好时光。如往常，待儿媳、孙子用过早餐。儿媳去上班，她送孙子到幼儿园，回来的路上买了菜。照常料理家务，打坐放在下午了，先是把下午的饭菜准备好，像往常一样洗好切好分别放在不同的盘子里。这天，她一点也不觉得饿，也就没用午饭，弄好厨房的一切，去客厅给老蔡打了一个电话确认他是否坐上高铁。老蔡说，

“坐上了坐上了，向你保证绝不耽误接咱们宝贝孙子放学”。老王放下电话又折回厨房把生熟地大骨汤熄了火。然后才进屋打坐。

老蔡知道这边的天气，没带什么行李，只背着一个黑色的背包就来了。看上去精神抖擞。他直接去了小孙子的幼儿园，一晃半年没见到孙子了，他心里核算着小孙子又长高了多少。小孙子现在上大班了，是最后一批出来，老蔡等得很不耐烦，小班刚走完，他就踮着脚伸着脖子掠过人群往学校大门里看。

好不容易轮到孙子的大四班出来，老蔡在拉好的黄线外高兴得手舞足蹈。当然，小孙子也看见了爷爷，也在队伍后面手舞足蹈。待爷孙俩见了面手拉了手走出人群才意识到奶奶还没来。小孙子便问爷爷：“爷爷，我奶奶呢？”

老蔡也说不清怎么回事：“会不会你奶奶知道我要来接你，就没下楼？”

“会不会是奶奶腿又疼了？”孩子仰面看着爷爷，一脸天真而焦急地问。

“这好天气！不会。我猜你奶奶就是知道我会来接你才没下来。”老蔡之前等孙子焦急的神情全然没了，现在一脸的都是见到了小孙子的得意高兴劲。

爷孙俩一路高高兴兴地回到家。出了电梯拐到家门口，本以为门是打开着迎接他们的，谁知还是紧闭着。老蔡有点不高兴，伸出两个手指弯实了使劲敲了三声门，里面仍是未有动静。老蔡试了试防盗门，不想一拉就开了。第二道防火门亦是。一向粗糙脾性的老蔡心头一悸，正有点说不清为什么，小孙子往门里挤，老蔡忙收了心，笑呵呵地给小孙子让路。

爷孙俩终是高兴地进了屋，见老王在房间的踏踏米床上结跏打坐才释怀。喔，原来是打坐忘了时间。老蔡想，好吧，你坐吧，我先洗个澡，换身干净衣裳。

老蔡洗澡会儿，小孙子在老王房间玩，他是见惯了奶奶这样子的，也知道不要叫她，叫她她也听不见。“就像一个人睡着了”。

老蔡洗好澡用老王的面盆盛了换下的衣服，过来跟老王说话，他想要叫她下坐了，该做晚饭了。

老蔡叫了几声仍不见老王应他，突然眉头一拧看了看老王脸上的光景，但见她眉心的红光已经散去，宁静而安详，老蔡的心里便一惊。他先是把孙子和玩具移到客厅，才转回去关上房门试探老王的鼻息。原来老王已经走了。老王的上身穿了一件全新的藏青衫，下身穿的也是崭新的棉布裤，洗后折叠的痕迹还在。她的右手边放了三件细麻料和尚领敞衫，在老家，这衣服叫孝服。一件小，两件大。自不用说，小的一件是孙子的，另两件是儿子儿媳的。

老蔡探完老王的鼻息心里反而不慌了，他把门反锁带上，把小孙子房间的空调和电视都开上，叫小孙子去自己的房间玩。

小孙子问爷爷："爷爷，奶奶睡觉了是不是你给我煮晚饭啊？"

老蔡听罢，思想顿了一下，然后眉开眼笑地冲孙子说："那还用说，爷爷这就给你炒菜去！"

有些事是不能当着小孩子的面做的。老蔡往老王脸上看的一瞬间，心劲其实就拧上了，就想着遇事要镇静地把事情处理好。等炒好菜陪着小孙子吃饭，心里已经在盘算着要不要先打电话告诉儿媳。越洋电话他不会打，不能先打给儿子，就是能打给他，他马上着手回来，到家来也得个两三天。还有，怎样跟儿媳一起和气处理接下来的事呢？老蔡光想想就犯愁，心里也就三番五次地埋怨起老王来。但是人死为大，老蔡这埋怨也就发作不起来。想想这些年老王为了熄这个家庭的各种事端没少受他的气，就是儿媳的事她也一个人担待着，总为她说好话。他何尝是真要为难她呢，都是他有气没地撒，觉得这一辈子经过那么多的倒霉事憋屈，拿她出气。想着这样，眼前的这顿晚饭他实在是吃不下去，小孙子给他夹菜他也吃不下。他只好跟小孙子说坐车累了，没胃口。

好歹等小孙子吃饱了，老蔡让他给妈妈打个电话问问什么时候能回到家。小孙子用的是免提，老蔡听到儿媳亲亲密密地在电话那头跟孩子说话。说正常下班。

岭南的五月白天很长，要七点了，天还是亮的，老蔡牵了小孙子下楼来迎接儿媳。他想，不管接下来怎样跟儿媳相处，目前要紧的是让儿媳到家门口前知道家里发生的事。

黄昏时节，眨眨眼天光就变，高楼里的一盏盏灯火从窗子里透出来，越来越亮。小孙子跑出去跟小区里的小伙伴一起玩滑滑板了，待玩了一圈回来，喘着气让爷爷猜哪个窗子是他们家的。老蔡听小孙子问，装着抬头看，哪个是他们家的呢？从二楼到三十六楼，看上去那些窗子那些灯光都是一个样，不同的是，窗子里的人影有的是慢慢腾腾走路的老人，有的是哄孩子的年轻父母，还有的人影看上去匆匆忙忙地在几个房间里走来走去，不知在做些什么。他没回答小孙子的话，就那么好长时间地抬着头看着那些灯火。

稠　雾

近来总是雾天，昨天晌午出了一会儿太阳，都以为这天是要好起来了，要透亮了，怎知到了傍晚又从海上上来一层。又好不了了。

被谁说中了，第二天一早，雾浓得化不开，比之前的哪一天都稠。出门买菜，到处湿洇洇的，还没到菜场，头发尖都要滴水了。这么稠的雾，根本看不清去路，全凭着记忆里的尺寸往前。知道对面来了自行车也是听动静，听到了，闪在一边，等车子从身边过去了再接着走。见那车过去，也才知道那人没有骑，车是推着的，后座上的BB椅里坐着一个小小的孩子。孩子安静着，看不清是醒着还是睡着了。到了菜场，能看到的几个摊位都没什么生意，不像平时门庭若市，吵吵嚷嚷。跟海鲜隔邻的两个摊主是同乡，平时多忙也不忘用潮州话聊天或是互相换零钞，这天没生意，反倒没话了，两人形象愁苦地抽着烟。那烟火也是朦胧的，一闪一闪，看上去与吸食它的人一样内心犹豫。这样潮湿的天气，让人不想吃海鲜，她简单买了两样青菜，加上一个圆南瓜，就折头回去了。她想中午做南瓜酥饼，这天气吃些香脆的食物能让人的心情好些。她心里也是知道的，买了菜回去开门上楼，动作得快，不然要是被稠雾跟上了，能跟着人爬去四五楼都不散。

雾到底有多大呢？平时站露台往外看，看到海就在眼前，感觉伸手能捞一把带着阳光那样清亮的海水上来。今天不行，到处是白茫茫的，让人根本想象不出海的样子，甚至都要怀疑它还在不在原来的那个方向。阳台前的黄皮树本来挂了果，有了花生仁那么大，这时也看不清了。黄皮幼果本来是绿的，脆脆弱弱的一小粒，像一个刚出生的婴孩那样脸上没有舒展开，这时因为看不出色泽，好像更丑了，好像发了霉，好像马上就要夭折了。

因为看不清黄皮的幼果，她不自主地开了窗往外看。就是在这开窗往外看的那么一瞬间，稠雾轰地挤进来一屋子，架势一点也不客气，四处乱窜。窜不过去的地方，还扁着身子往柜子里钻，往墙上的油画里钻，往卧室里钻。卧室的门没有关严，露着一丝缝，里面开着除湿机，那里的空间好像很欢喜见它，迅速把它吸了进去，丝丝缕缕的，像撕烂的薄绸子。

她看到连忙关了卧室，想把雾关在外面。她身上也浸满了雾，进了卧室干燥的房间，能见到那些雾往外冒。一个人这时就很像是一个虚构的人了，等这些的雾都从她的身体里出来，好像她的身体就会空掉。

不开门不开窗，还是能听到隔壁响亮的声音，在这住了十几年都不曾听过这么响。是什么声音呢？就是电视剧的声音，上午是抗战片，下午是婆媳剧，声响之大，怕是在一楼的人都能听到。她最初为这声音恼得不行，可是她也犯愁要如何才能解决这个问题。

物业管理处整天没人接电话，她不知道其他住户是不是都像她一样从来也没去过管理处，反正她不知道管理处在哪。听说在十九街那边的一个人工湖上，湖上有座桥，桥叫浸月桥，经过这个桥有个多层的半圆柱型建筑就是。她从来没去过管理处，但印象中始终有一个像客家围屋一样的圆柱形建筑在湖上。这印象不好说是因什么事经过那里看到，还是因听过别人的说法在梦里梦见过。

她有时也会设想，忍忍吧，说不定是人家孝顺的儿女给添了新电视，等过了新鲜劲就好了。她知道隔壁家大多时间只有一个老人，儿女早就搬了出去，常回来看望老人的只有一个跟她年纪相仿的男人。他总到阳台上抽烟，她若是闻到烟味便知道他回来了。就这样过了许多年，突然的一次，她听到阳台上的男人大声地重复一句话，应该是问那老人，说："你把那东西放哪了？"声音没有耐心，带着三四分的恼怒，搁会儿就把话重复说一遍。她本想听个究竟，在自家阳台找个位置站住了，不想那边说过四五声再没有动静了。从那时她便揣测，若不是这个儿子想着老人的什么贵重东西，怕就是老人耳背了。

她知道时针指向十一点，这响声便会结束，要说老人的生活还是很有规律的。上午九点至十一点，下午三点至五点开电视。（只是偶尔的晚上七八点时也会响起。）她要逃避这声音，要么是离开家去公园走走，要么自家也放出这么大的声音出来，这样两家的声音就会相互抵消，好像对方不存在。但她不喜欢家里弄出这么大的动静，她还是喜欢安静的，平时也不怎么开电视。今天更是不想，这么稠的雾让她心事重重，她在几个房间里走了走，最后在客厅正中坐下来。她看着玻璃窗外白蒙蒙一片，感觉自己完全是在一个封闭的空间里，好像是一座孤岛，好像全世界只剩下了她自己。当然她也知道这些都是错觉，不免强行把自己拉回现实中来，让自己知道身在何处。当想到眼下时，自然又是把往事和未来想了很多，很远，甚至想到了自己的晚年。想到孩子若是三年高中毕业了，要读大学了，离她远去，她的生活会不会还是这个样子。

因为孩子要在就近的小学读书，母子俩人便搬了过来。那时她的孩子弱弱小小的，左右邻居都怀疑是她在哪里捡来的孩子。问她孩子怎么这么营养不良，她也只是笑。她记得清楚，孩子穿最小的校服仍不合身，直到二年级，都是她替孩子背着书包，牵着孩子的手一直把他送到学校门口。孩子那时委实瘦小，怕是全校最体弱的孩子了，好在头发正常，理着西瓜头，蓬蓬松松的看上去也有点朝气。现在的孩子大都营养过好，早早换了门牙，可这个孩子临开学前才换第一颗，然后上下四颗次第掉落，偏又长得很慢，这让孩子在很多的一段时间里都不愿跟其他人开口讲话，即便是美丽的班主任鼓励他。后来班主任也不耐烦了，就放弃了他，爱说不说吧，百分之九十九的新生都调教好了，就只是你一个，且你那么的固执，那么，也就只好由着你自个的性子去吧。

班主任放弃调教这个孩子时，正式跟她打过电话，说她的爱是平等的，其他孩子都适应小学生活了，都变得热情得像一只只马猴了，只有他还不行，那么，就请他的妈妈多用些心早点让孩子变得主动热情起来吧。

她呢，她是知道这个的孩子的，他腼腆，就是怕张嘴说话漏风，怕人听不清他说什么。当然，也不好看，自从掉第一颗门牙后他照相就不张嘴笑了。要是笑也是抿着嘴或用手捂着笑。是啊，你看，她们搬来的那年母子俩要一起过全新的生活了，那张他七岁生日时跟她的合影就是捂着嘴的。水晶框照片现在就摆在钢琴上。

转眼孩子高二了，住校去了，两周回来一次，每次回来她都惊讶半个月时光的神奇，在她这好像不过是过去了一天，她大扫除屋子一次，屋里那些能动的小物件，鞋子，花瓶还都在清洁时摆放的位置，她单调的生活里还来不及接触它们。一次去聚会用的背包用完后也是还摆在临时放的柜子上。它本来有专用的位置的。可是它被临时放在那里，还没有让她有动力去收拾。而这些的时光，在孩子身上就是千变万化的了，孩子回来，她经不住会说：小宁，你又高了吗？妈妈怎么觉得你又高了呀！小宁，又多了一个耳钉吗，妈妈怎么瞧着又多了一个钉呢？还不止这些，有时是黑了，有时是白了，有时是瘦了，有时是胖了。

时间过了十一点，隔壁的电视声音还没有关。她盯着时钟看，又过了五分钟，还是没关。什么事在预计的时间内她觉得可以忍耐，但凡超过预计的部分，她知道自己就要烦躁了，坐立不是。那声音更像是知道她烦躁，偏偏通过她的耳朵往脑子里去。且去过脑子后还去心里，骨骼里，脾肺里。总之所到之处，无一不是叫她烦躁的。

她站起来走走，手碰到什么，就摸索一会，拍拍。这样不由得就到了声音来的那面墙上，她把手放上去，觉得手上是有震动的。她便更确信她听到的声音超越了一个人的生理承受范畴。她拍了拍墙，试探着回应着那样的节奏。等心里有底了，又用拳头捶了几下。她想让这边的动静传到那边去，让那边知道她此刻的烦躁不安。

楼房是三四十年前的旧楼了，那种一大排一大排南北通透的筒子楼。她的阳台连着隔壁的阳台，客厅连着隔壁的客厅，卧室连着隔壁的卧室，厨房连着隔壁的厨房，走到哪里，无一不是把她和那声音连在了一起。

筒子楼还是单元门的设计，一个单元门一梯两户。有声响的这家跟她不是一个单元的，她要过去看看，要从这边的楼梯下去，绕过一个单元门再经另一个单元的楼梯上去才成。

她还是换了之前下楼买菜的那件外套，灰色的线织仿呢料外套。这样穿并不是怕冷，是想那浓稠的白雾不要侵进她的身体。她知道这个地域的人到老了多数都会惹上风湿。

敲了三分钟门，仍只是听见电视广告的声响，不见人来开门。她伸腕看着时间，隔个十来秒就敲三声，这样过去五分钟，还是没人来应。她也试了旁边的门铃按钮，她看那按钮陈旧的样子估计也是坏的了，按了几次也是无用。连续这么折腾了一通，她身上的烦躁似乎也少了，她意识到这里，轻喘了一口气，然后把整个身子倚在楼梯的扶手上，想等待一会看看。广告很长，女主持人语速又惊奇又快，光听着这声音都能知道她脸上配有一副夸张的表情。好像那声音是神奇的魔术棒，所经过和到达的地方都能在空中显现着说话人的样子，她都能看得清清楚楚。这样的广告不骗到人可能是不会罢休的，说一段就报一次要你马上就拨打的电话。真不知道这广告什么时候能放完，她就那么一直倚依着楼梯扶手。

过了多少时间呢？后来她好像忘记了自己为什么会来到这里，从倚依的姿势站直身子想想，喔，想起来了，她是来跟邻居说电视声响不要开得太大。可能因为中午了，是平时孩子放学回家的时间，电视开始放儿童节目，应该是一个亲子的节目，有妈妈坚持喊加油的声音，那声音又着急，又心疼，恨不得自己去把那件事做了。这么想她就径自笑了，她能想象一个小小的孩子在参加一个什么竞赛，妈妈声嘶力竭地喊加油的场面。

她想走了。

下了楼，扭门锁钮开门，两米宽的走廊外就是植物园子。除了建小区时统一种的紫荆、高山榕、大椰王和假槟榔树，园子里还被这里的老居民种着这个地域的各种果树。在两个单元门之间是两棵黄皮和一棵桂圆。不成排，错落栽的，其他还有几棵木瓜树，杧果树，菠萝蜜和荔枝树。因为稠雾，看不远，但她心里是知道那些树的位置的。

两个人在黄皮树下烧纸，烟不旺，一个把纸钱一张张揭开添着，一个用手里的什么扇着风。扇风的有些着急，可能风不够用又把头偏下去用嘴吹。即便火这样难着，他们也已经烧了一个锅盖那么大一堆灰了。烟雾比稠雾颜色灰，并不往上面升，混混沌沌的在火堆旁洇不开。这个说法若不好理解，可以想象一下北方冬天的洗澡堂子里烧纸是什么样子。但这雾是要比那澡堂子的水雾浓稠多了。要不是走到走廊边缘，都很难看见两个人。

她弄清状况后有些生气，说你们怎么可以在这烧纸，这是小区，怎么能是你们烧这些纸的地方呢？看你们也都不小了，应该懂得些事，谁让你们在这里烧这种纸的？

两个人听有人说话，立直身子站起来。她这才看出是两个男孩子。现在的孩子个子都高，他们一下子站起，个头迅速超过她比她高出两头。但看他们的动作情形还是孩子一样的，知道做错事情心怯的样子。他们的样子让她想起了小宁，这么一想，再看着他们，心里就有些不忍了，她轻了些语气问他们为什么在这里烧纸。

两个孩子很诚实，说话时抹着眼泪，那眼泪倒不像是悲伤哭的，倒像是烧纸的烟子给眯着了。

一个孩子说这是在为他们死去的爷爷烧纸。说话的这个孩子说完这句停下指着另一个比他更高大的男孩说，是我爷爷，是他姥爷。今天是爷爷的忌日，所以在这里给爷爷烧纸。我们是本地人，重这些习俗，所以，想请阿姨您原谅。

她听着，也思考着，看着两个孩子模糊的轮廓，觉得他们做的正如他所说的一样。可她还是认为不该在住宅的楼下烧，这是共同空间，你得考虑别人的习俗和感受。

更高个的男孩说，他们每年都是在这里烧的，只是前些年都是晚上烧，他们住的地方离这里很远，今年这天气他们怕回程没有车坐得步行，所以一早就从家里出发来这里了。他们乘地铁来，准备跟奶奶一起吃个午饭，然后再乘地铁回去。他们除去乘地铁的时间，还要步行将近一个小时的路程。是的，她听到广播了，这雾天公交都停了。

纸堆还在燃着，看不见火星，灰白色的烟雾努力地往外扩散着，以便有新的空气进去，让艰难的星火继续。

她听到这里，觉得没什么话好说了，从两个孩子身边走了过去。然后她想起什么，回头看着两个模模糊糊的黑影又问，你们为什么不走远些烧，不管怎样，在门口烧纸就是不对的。

矮些的男孩说，阿姨，这些树都是我爷爷种的，他是建这个小区的工程兵，对这些树有很深的感情。还有这两棵黄皮树是我爷爷专门为我们两个种的，那年我们两个同一个月出生，爷爷高兴就在这里种了两棵树。

喔，她想起来了，她刚搬过来那时，总见楼下有个老人照料几棵果树。之后的几年荔枝、桂圆、黄皮熟的时候，也是那个老人在收果实，并招呼大家下楼去分，她才知道这些果树是私人种的。她与这些原住民不熟，从没有下楼领过，但是她家小宁不服气这公共的空间怎能让私人栽种果树，曾设法摘回一个木瓜给她。那个老人便是隔壁家的，无论多么热的天气，他总是穿戴得很整齐，短袖衬衫里配着白背心，下身一条卡其色短裤，脚上总是一双白袜和镂空的黄色皮鞋。这么说，这两个孩子是隔壁家的了？她刚搬过来时，这两个孩子已经是初中生的打扮，有时在阳台上玩，她能看见。她家的小宁喜欢观察两个大他的男孩，模仿他们的行为。有一年，他们那边伸过来的植物开花结种后，小宁偷偷地收了种子，说要在自家的阳台上也种一盆。第二年，她家阳光上种的朱红色的小花就跟隔壁家开得一样灿烂了。枝叶也很茂盛，连成了一片，简直分不出彼此。

她回想着这些，回想着时间的流逝，却怎么也想不起老人是哪年去世的。照理说，他们本地人这么重视习俗，丧事即使在殡仪馆办，家里必定也会有些仪式的。但她的记忆真的搜索不到相关的内容。是怎么缺失的？本来想借机会让两个孩子提醒老人以后把声音开小声的，不想却给心里突然冒出的这个疑惑给弄忘了。忘了也就忘了吧，她自己是不知道自己忘了的。走两步她又想，黄皮树是一种生长得很慢的树种，这两棵树这么大，两个孩子看上去也不过二十来岁，怎能是他们出生时种下的呢？

她想再回头去问问两个孩子的，脚却不自觉地迈开了步子回去了。——她被这种身体的惯性牵引，虽意识到了，还是往前走。她知道自己已经活到了一个生命的奇妙状态，错也无需抵抗，对也无须欢喜。只需安心接受就是了。你接受了也就发现了，它们没有什么，“对”并不知自己是对，“错”也并不知自己是错，它们来过了也就来过了，像人一样自然而来，自然而去，并不是要作恶扬善留下什么。非要说它们有对错的，也不过是人的意愿强加罢了。

等走得更远时，她又把刚才的那些对与错的问题给忘了，反又拾起关于黄皮树多少年的问题。她开解自己，或者是她看错了也说不定。雾这么稠，他们之间隔着好几米的距离，彼此根本看不清对方的样子，又怎知刚才她看到的两个人不是三十岁、不是四十岁了？

要真是那样，他们叫她阿姨，也还是可能的。这么浓稠的白雾多么像压缩的时光，其间一定藏着被时光偷走的人生的许多秘密，也说不定她的模样已经像是古稀老人的样子了！

她这么想，上楼的脚步倒是轻松了，仿佛天晴后身上的湿气退祛，心里也欢快了许多。

平时小宁不回来，她的日子还是如常地过着。——这么说，也不对的，小宁中间好像也回来的，好像有一次她在躺椅里睡着了，小宁帮她盖过一条纱巾。纱巾很大，是小宁年轻时去游泳回来的路上裹身子用的，能从她的脚一直盖到头上。当然，小宁没有盖住她的头，只是盖到了她的锁骨位置。她记得这天，阳光透过阳台上的玻璃窗子经过客厅的玻璃门被她的脚和躺椅挡住了，再没有往屋里去。她发现这个，第二天，便把躺椅往屋里挪了挪，放深了些，都快抵到沙发位了。而空出的地方，她想让阳光进来。不想，这天的阳光时有时无，她并不确定昨天阳光能到达的地方今天还能不能到达。屋子里就只是她一人，像往常一样空落落、静悄悄。

不知从什么时候，小宁回来就不按门铃了，也不再敲门，他自己用钥匙开了门。再后来，小宁开门后把钥匙啪的一声放在五斗柜上的动静她也听不到了。

一个人的时候，她有时也会打开电视，因为日常生活的节奏，她开电视的时间是很有规律的，上午九点到十一点，下午三点到五点。她也不一定看，就是忙完琐碎事了，觉得这空荡荡的老房子里得有点动静才好。她的感受系统越来越迟钝，不知道声音要开多大才能把这屋子填满。她想象气体充满气球那样，让声响充满屋子。满了，也或者能像气球那样，这边轻轻一弹，那边就能感受得到。这么说来她要的也不是声响，而是动静，她在屋子里坐着或走动，能感受到屋子里都是满的那样；像曾经从外面抱回来的一只小猫，时常在她不经意的时候扯动她的裤角。

就这样，她想起了那只小猫，她四处翻动屋子里的物什，想找到那只猫留下的痕迹，以证实它确实来过这里。那时光可不是一天两天，而是好几年呢，虽然这会想起来好像一眨眼的工夫。

她没有找到小猫留下的痕迹。翻动东西累了，便在客厅的沙发上坐下来歇歇。电视声响充满了她的屋子，她能感觉到动静无处不在。她现在与其说看电视，不如说是为了听动静——这么说也不对，她也不是听，她只是喜欢手触摸声音碰撞到物体时的动静。那些轻微的震动把屋子装得满满的。她摸到书柜旁边墙壁的时候，先是犹豫了一下，然后停了下来。有几下的震动特别大，像墙那边有人在捶墙。她关小了电视，但不知道关小后的声响又有多大。她想重新去触摸那个地方，不料之前那样的震动又没有了。她折腾了一会儿累了，坐在沙发上，钢琴上方的墙上挂的时钟指向十一点一刻。她想起什么，去了厨房，当她再回来客厅的时候，电视在播放儿童节目，她才想起电视还没关，她过去动手关了电视。

团结卷

城西北护城坝下面的一个地方，村不成村，人家有些散落，只一条像样的巷子叫团结巷。

1985 年，一个破落的小城一角，比护城坝外面的农村还不如，几户中间有一个茅房，也没有固定的人清理，只乡下进城淘粪的老农隔段时间来掏一次。上面也不写男女，有时男的进了，有时女的进了，有时女的刚进去又进去一个男的。团结巷中间有个大公厕，但还是会有个别人七拐八拐到这其中的一个茅房解手。哪个茅房人们常去，哪个不常去，大家心里有数。越远的自然越干净，紧挨护城坝的两个茅房与最近的人家要隔着一片树林子，从这边看不到那边，幽远可想。小孩子是不太往这两个茅房去的，至多是上了初中的女生身体有了变化，又忧郁又羞涩，心情又沉闷，才会往这里来。

团结巷的巷子是弯的，弯成一个长腿女人身体的弧形，在护城坝那一头过肩膀的位置头一扭就不见了。这个像似没有几个人知道，王敏是在别人几次点拨下心里偷偷参照了几个嫂子的身材才看出来的。而她家就住在头一扭就不见的那一头，一个城市最边鄙的地方。

站在护城坝上，王敏可以看见自己的家，一共五间，东西三间，南北两间。那里住着三代人，姥姥小脚，又老，眼看着快要走不动了。母亲没过四十，还是三十多岁的人，可是看上去也要老了，推着手推车卖水果从院子里出来上坡，可能需要很多的力气，屁股能撅到天上。她家隔壁，以前住着一对姐弟，后来常年不见姐姐，弟弟快要成人了，整天往头发上打摩丝，是姐姐从大上海给他带回来的。

1985 年，王敏小学毕业了，不上初中她也没事干，于是勉强又上了初中。

初二，有一天，她看到隔壁来了一个时髦漂亮的女人，还有一个穿背带裤的男人，样子都很光鲜照人，她以为是隔壁家的姐姐和父亲回来了。她下午放学后便顺着一个废弃的木门爬到墙上往隔壁院子里看一眼，想看看那边还有什么光鲜的事物。她的母亲这时间正是好生意的时候，姥姥太老，这个家她便做主了，她每天需看一眼后才会去厨房里给一家人准备晚餐。

家里有七口人，两个弟弟，两个妹妹，加上姥姥、妈妈和她。小妹妹三岁时本来送了人，送出去两年人家又给送回来了，那人家自己能生了，还是个男孩。小妹妹这年也五岁了。大弟弟小学毕业就已出去做工，在什么厂刷瓶子。二弟弟和大妹妹都在五年级。明年，这关键的一年，他们两个是上初中还是都出来做工是个很让一家人头痛的事。都不愿跟着母亲上街卖水果，觉得挺丢人，抬眼低头都是同学，都是同学的哥哥姐姐和家长。

时间长了，都知道了，隔壁回来的时髦女人确实是姐姐，但那爱穿背带裤的男人不是他们的父亲，却是姐姐的老公。

他们住了半年多又走了，姐姐应该是留了不少钱财给弟弟，弟弟从此衣着鲜亮，当年的秋天就穿上了皮夹克，样子打扮得像似可以说媳妇的模样。

时有不同的女人来他家，他们跳贴面舞，放港台流行歌曲，也嬉闹，大声又神秘地讲话。王敏见过他家的垃圾，里面有黑色的胶片碎片。

他们家的房子不久被一对做服装生意的年轻夫妻租去，那个弟弟留了两间西厢房自己住。四间东厢房两间给做工的女生住，两间做板房。王敏在墙这边能看到板房里大捆大捆的布匹。不是做时尚服装的布匹，是做运动衫和秋衣的布匹。王敏要读完初三的时候不读了，去做了女工。她什么也不会，又是个跛脚，去了只能剪线头，叠衣服做包装。

因为她出来做工了，二弟弟和大妹妹的事也解决了，他们继续上学，都觉得要想以后好找工作至少要读完初中吧。

王敏还是学会了踩电瓶车，跛脚有什么关系，肢体配合好了，一样可以踩脚踏板。只是别人怎么也不能理解她的节奏罢了。

进入90年代，外地招工来到了这个叫泉湾的县城，王敏被一个服装厂招走了，告别了团结巷，黑胶片、留声机、服装厂，这些成了她的过去。

团结巷依然存在，这个小角落仍旧没有人来开发，尽管这个小城眼下像个大工地到处在建高楼，隔壁像她家一样还是三十年前建的旧房子。

一个刚出监不久的男人在用心打扫他的院子。别看他现在依旧落魄，因为时代的恩惠，他将要发达了，这个小城终将会开发到这里，他是这一大片住宅的继承人也就是财富的继承人。

他四十五岁，有过妻，入监后妻便走了。她的小妹妹已经嫁人，这个因她的小妹妹被送进监狱的人，出来后，仍是把自己收拾得干干净净。早晨用水洒过院子，然后扫地，然后再撒上一层水。打扫过后，有红砖的地方红艳艳的。黄土地也鲜亮，散发着王敏童年记忆里的味道。

她的家分租了出去，她这么突然归来，一时只好去租了一间房，跟她家差不多的房子，八十元一个月。太便宜了。她不想往远住，她在等着一个孩子读初三的家庭期末了搬出去，她便搬回来。她隔三岔五是回家看看的。

春天，季末，桐树花落了一地，她到门口没急着进去，站在桐树下等桐花一朵一朵地落下来。她捡着一朵，另一朵也掉到了她的眼前。花瓣花蒂还都是鲜的，揪开，放嘴里尝尝还存有蜜甜。后面的树林也有桐树，她想着过去看看。起身走两步躲开障碍物望过去，是的，老杨树都砍了，种了新的杨树，看上去也就四五年的长势。护城坝下面的几棵桐树还在，很粗了，如果它的主人还记得它，随时可以砍了当木料，那么粗，就是卖了也值钱。但是它们的主人是谁没人能说得清，说是政府的，从没人过问，说是哪一户人家的，也没个依据，有些边角的地面因为征收多少年都说不清属于谁。没人过问，这些树还能继续活，要是一人动手了，会有许多人来争。那样，到最后谁也争不到，还不如让它接着长。那两间茅房也还在，没有翻新过，有一个茅房可能墙倒过，新垒的部分砖缝填的是水泥，以前是黄土。顶上有两个破洞，看样子早没有人往这里来了。也或者晴天有一时急的还往这里来。这些，王敏回来的那天就看到了，好几天过去了，感觉还是不真实，每次过来都要站门口看看，又疑惑一会。团结巷上有两所新建的公厕，白瓷砖墙身，绿竹子节瓷瓦顶篷，比她家的房子精神多了，她这几天也是往那里去。对于旧的记忆她一时半会还不想去碰，她得先梳理接下来的日子怎么安排。

中考结束后，便有一户租客搬了出去。这间房曾是两个弟弟住的，撕去租客贴的一层周杰伦做的香飘飘奶茶的广告纸，里面还有兄弟两人贴的明星画。男孩的房间，女星画更多，从大弟弟喜欢的孟庭苇，到二弟弟喜欢的张柏芝，各自说明着当年兄弟二人的空间占有。这些就不撕了，都是当年用稀饭粘上的，撕不掉的。王敏想。一个人忙了一阵子，又回想了一会儿那些年月，最后把她能挪动的东西都清了出去，便出门找人把这间屋子刷上大白。刷过大白，门窗都没换，没过几天就住了进去。她的习惯依然是踩梯爬墙往邻居家看。这个梯子早不是以前的旧门板，是个正儿八经的木梯子，不知谁摆在院子里的。

他几乎整天待在院子里，初夏的傍晚，他还像春天一样洒水扫院，然后搬出躺椅和茶几出来喝茶。他的衣着依旧是那样的干净，T 恤，中长裤，不管是坐着还是半躺着从不赤脚跷起来。

他看上去一点也不像个坏人，他身上仍留有 90 年代初模仿港台衣着打扮的气息，也就是英伦味。说他像梁朝伟也不过分，只是年纪小一点，总体看起来就是那个意思。

王敏的大弟弟来看过她，跟她商量点事。二弟弟和大妹妹也来看过她，唯独小妹妹没来过。他们现在都在这个城里，曾经也都像她一样出去打过工，成家立业后又都回到了这里。

大弟弟跟她说母亲忌日那天二弟弟、大妹妹都会回来，王敏说好，心里也就有底了。

待这天到了，祭完母亲，顺带看过姥姥，又是饭罢，王敏抬眼望望大弟弟说："玲玲还恨着我吗?"她知道二弟弟和大妹妹这对双胞胎心眼一致，除了彼此关心，从不过问家里的大小事，所以也不问他们。现在他俩一个在化肥厂上班，一个嫁给了化肥厂的职工，生活都相当安稳。

“恨的吧！她那样的心劲，怎能不恨。”大弟弟抽烟，吐了一口烟子。

“喔，是得恨的。”王敏从弟弟的烟盒里抽出一根。大弟弟给她点上火，欲言又止的。

“不说这个了，你们想过盖楼吗，一家一层，可以一起住，要是不想住一块过几年拆迁也是一笔不小的赔偿。”她依旧是一家之主的口吻，讲了这个时代的大趋势，一个城市要发展，会如何圈地，如何拆迁，如何赔偿，总之那心思还是为大家着想的。

“我和晶晶肯定不回来住，我们都有房子，要是盖我们俩出分子，但是也拿不出来多了，孩子都在上学，用钱。但话又说回来，要是拆迁赔偿也不能按我们出的分子比分，这事可不能当买卖做。”二弟弟亮亮的嘴还是不饶人，总是先声夺人。

“大锋呢?”

“姐说了算。盖了我就回来住，我们那房小，两个孩子住不下。到时怎么分也是姐说了算。”

她想，大弟弟跟她还是贴心的，毕竟同心协力支撑过这个家，这都给她撑着台呢。这话即撑台也妥当，可见大锋是用心度量过她的情况的，知道她定是有钱才敢提盖房子这件大事。

她看看大弟弟便笑笑，又看看二弟弟和大妹妹，说：“一个都不会亏了你们，你们两个读书都是我跟大锋供着读的，你俩少得点也是合理。你们还有一个妹妹，她出来得早，得对得起她。盖六层，一楼空着，每家一层，以后拆迁赔偿也按这个分。你们三家出份额一样，我欠玲玲的，我出她的一份。都没意见，就规划规划，秋就盖上，看这个城这种发展，盖房宜早不宜晚。”

“我们没意见。”

“我们没意见。”

亮亮说完，晶晶也跟着说。这双胞胎兄妹俩这年也是三十多岁的人了。大锋小王敏两岁，三十六或是三十七了。

夏天，王敏也是穿裤裙，长长的，拖着地。她一条腿做过增高手术，从小得过小儿麻痹症的两条腿尽乎一样了。她所有的鞋都是制定的，短的那只脚又穿了内增高鞋，走起来不经意难看出她是个跛足。

9 月 22 号，王敏生日，她收到一双高跟鞋，是玲玲叫快递送来的。王敏小心翼翼地打开试穿，她做好了心理准备，当两只脚穿进鞋里她的心里还是咯噔了一声，如预期，她又是个跛足的女人，虽然不会像从前那么明显。

她穿着在房间走了一圈，找了找跛足的感觉，又特意穿了一条中裙去赴自己的生日宴。

玲玲不出席母亲与姥姥的祭祀，是因为她的心底对她们有深深的恨，哥哥姐姐也都能原谅。但王敏的生日玲玲应该出席，家中再没有谁像这个大姐一样为她操碎了心。在某些程度上，这个大姐是担当了铃铃从出生到成人期间父母亲的角色的。尤其在姥姥和母亲去世后，古语中所谓的“长兄为大”，在她这里也就是“长姐为大了”，为她拿了不少主意。开餐前玲玲没到，王敏心里是有些不快的。这种不快她也没掩饰，大锋、亮亮和晶晶都看在眼里，劝菜上难免也就隐藏着些谨慎。这让姊妹间的亲情多少也就有了些陡峭的寒冷。

这样的气氛下，饭吃到一半，玲玲终是来了，也没跟王敏打招呼，看清了空位，知道是为自己留的，直接坐在位子上开筷就吃。没有其他人，就他们五个，家属和后辈们都没让来。很好，很好，就五个好，王敏听大弟这么安排，当时这么说。她想，大弟是知道她的。

玲玲来后，大锋忙帮着撕一次性包装碗筷，绕了两个人拿茶壶倒茶。玲玲也不谢，大锋那样子也不要人谢，神情很安妥，实像了服侍过三代主子的老管家脸上才有的景致。

王敏长发披肩，吃饭时用个什么在脑后一挽。晶晶打扮了，她本来心里畏着大姐，又想还要在她这里得好，嘴也甜，一口一个大姐地叫着。玲玲没打扮，脸也没洗，家常的衣服上散发着水果味。她一直吃，没看过其他人一眼，晶晶不停地给她夹菜，“给我们家最美最乖的玲玲一个鸡腿……”。任晶晶怎么甜言蜜语她只是接着菜，不说一句话。

玲玲继承了他们母亲的事业，卖水果。早几年嫁给了城东的一个跛脚男人，生了一个男孩，叫寰宇。

生日宴进尾声了，待大锋摆好蛋糕，玲玲抬头问王敏，“大姐，你不想知道我的孩子叫什么名字吗？”

王敏说："我知道，上次回来就听大锋说了。"

"小名叫寰宇。大名叫郑寰宇。"这个晚上，这是玲玲唯一的一次正视着王敏的眼睛说话。

"喔，我知道，我知道。也是叫寰宇。"

王敏说完，大家都不好吭声。她脸上一挣一挣的表情大锋看在眼里，他知道这个姐姐的疼痛在哪里，却也无奈何。亮亮和晶晶也是看见了的，多少是有点担心大姐砸起碗来，亮亮只是抿着嘴低着头，晶晶用纸巾一直抹着嘴，也像是捂着叫自己不要做声。就这样僵持了半晌，还是亮亮没忍住出来圆场，叫晶晶把剩下的果汁给大家分了。晶晶是听亮亮的，嘴里一边嘟囔二哥爱使唤她，一边借势开心地笑，瞬间里两人身上散发出来的亲昵劲生生地把玲玲的冰冷给压了下去。王敏不知道他们俩身上的势力劲哪儿学来的，她不喜欢，但他们俩身上这种插科打诨的东西她是爱的，多少年了，不是有他们这对双胞胎这么闹着，这个家庭哪还有一点温暖味儿呢！

玲玲抬头看看二哥二姐后又把头低了下去，她的脸上看不出恼也看不出其他的什么。但这么一闹，气氛就好起来了，之前那种陡峭的寒意没有了。就是场面轻松了，平常了，每个身体都像是一家人一起吃饭那样的松懈下来。

餐罢，王敏特意早起去上趟洗手间，回来时没回自己的座位上，直接站在门口等玲玲起来，她要让玲玲看到她脚下穿着她送的鞋子。她还故意走上两步，让玲玲看到她跛脚的步子。

她希望玲玲心里在讥笑她，说："你个跛子！"玲玲对她无来由的恨常常也就是这样表现出来。挖苦一下，讥笑一声。叫她解释，她又解释不出个理由，急了就嚷嚷："你们嫌我是多余的，你们干吗还要我？干脆让我死在路边喂野狗好了！"

玲玲打完包，经过她特意低头看了一眼她的鞋子，冷冷地说："还合脚吧？"

王敏走前一步，说："合脚。这个高度也好。再高了我穿不了。"王敏说这话是微微笑着温和着说的，像个慈爱的母亲那样。

听大姐这么说，玲玲这才满意地笑一下。只一下，转瞬即逝。她身上明显散发着的水果味——苹果味，菠萝味，西瓜味也都笑了，跟着它们的主人玲玲一起袭击着王敏。这样强烈的欺凌，把王敏呛得想打喷嚏，但她脸上较了一下劲还是给忍下去了。依然笑笑的。王敏这时也想到母亲以前是没有卖过菠萝的，也就是近些年吧，这个小城才出现菠萝。

玲玲这一笑，算是和解了吗？王敏不敢确定，她知道自己能接受这个小妹妹对她的恨，这是妹妹的命运，也是她的命运，就是，谁让她是老大呢！而对这个妹妹的补偿就是承受她一定范围内的报复和埋怨。于双方适当的话，她也无怨无悔，她只是需要常提醒自己拿出点不卑不亢的态度应对它。不卑不是无愧，不亢不是不受。这态度是让小妹妹知道她可以退让，但不必要得寸进尺。真要那样，这亲情也只好散了，人间一世并不是非要有割舍不了的东西最终要把它带进坟墓。

不管有没有和解吧，就是说，王敏对玲玲的态度还是接受的，以后也准备接受下去。还是那个说法，谁让她是老大呢！

五个人一起走到公交站，城内公交，一块钱一人，不管你是坐一站还是坐完全线。晶晶娇滴滴地说："哥，我没有零钱。"她若只叫一个"哥"字，一般是叫二哥亮亮，大锋早习惯了，所以并不去应。亮亮说他也没有。大锋说她有个五块的。玲玲说她有，说她多得是一块钱的钢镚。说完，随便地在腰包里一抓就是五个出来，从站在她旁边的大哥起一人一个发给大家。王敏伸手接了一个，她等大家都上车走了自己才上车。投完硬币，闻了闻自己的掌心，她觉得有股水果味。复杂的水果味，不能断定是哪一种，夹杂在不锈钢的金属味里。

从春上回来到现在，眼看着要入秋了，几个月里，王敏一直在想怎么着去隔壁一趟。没住回来之前就在想这事，这时也住下两个月了，王敏想，去一趟吧，想多少假设都没用，不面对着面，永远也不知道会是个什么情况。

比傍晚还早一点的时候，王敏换上了玲玲送的那双鞋，穿了一件盖脚的长裤裙让自己不经意间从家里走出来，然后出了院门拐到寰宇家门口。他家门前的那棵大槐树锯了，留下的木桩子已经开裂、腐朽，门却还是那两扇大门，底部镶的铜钉稀落还有几颗。

她没有敲门，而是径直走到门口推开了门。他不是躺在躺椅里，而是像样地坐在那里冲茶。说他在冲茶又像在走神，就是手上的工夫使着，魂不在身上。或者说他的魂是错位的，在他的脖子以上，也不服帖头部，以一个人形的样子曲着腿踩着他的腰板反坐在他的肩上。

门开，王敏走进几步，他才抬头看进来的人。只是一眼，就把目光穿过王敏看她背后那扇没有关上的门。

王敏意识到了，折身去关门。寰宇看到王敏跛足的背景缓缓地从坐着站了起来。等王敏又折回来到他跟前，他才说："是你。"

"是我。我出来走走，走到你门口就想过来看看。"说完这句她忙又补充一句，"我知道你在院子里。"她想以最自然的神态跟他说话。

"我以为不是你。"

王敏听到这句，稍微迟疑了一下才明白他的意思。心里说，"是的，他以为不是。"

"怕你认不出来，特意换了双鞋子。我想，一个瘸子走路还是好认的。"

寰宇递过来一杯茶，嘴上有释然的笑，说："说话还是不饶人。"

"以前是不饶人，现在是不饶自己。"

“没必要。都过去了。就是还没有过去的，也会过去的。”

王敏心里咯噔一声，她没想到话题一下子就进到这里来了。她不想这么谈下去了，忙换了个语气和话题：“那边要盖房子，中间的这道墙可能要拆一部分，想过来跟你商量一下。要是不同意拆，我们让两尺出来再盖。”

“干吗要让，你们要让，回头我也得让，这样一来，以后这两家中间就会空出来四尺。空那么大一个缝子没必要。”

“那我们就先拆一部分，回头那边的房子盖好了，就把墙接上。”

“都成。怎么方便怎么办。”

王敏没料到谈话这么顺利，端起茶杯捧着，抬头看了半天他们头上的那棵梧桐树。她曾经问过寰宇，悬铃木是不是法国梧桐树。寰宇说是。又说也有人认为悬铃木要高，枝向上长，法国梧桐树长不了那么高，枝是伞状的。说这话时，寰宇还只是个多少有点喜欢卖弄学识的少年。现在他们眼看着就要进中年的人，那样说话的神情再是不会出现了。

“别瞧不起咱们这里的泡桐树，其实比这外来的梧桐树木质用处大。你知道吗，中国最好的泡桐树在河南兰考一带，是世界上最好的琴箱用料。桐树的木料样子看起来泡，脆，实际很牢固不变形，也正是因为这特质，木质才够干够轻。又干又脆的木质，你想想那琴声该有多清脆多响亮！”这段话还是他们在少年时期的一段对话，王敏知道寰宇家的那棵梧桐叫法国梧桐，觉得这名字洋气。而她们家门口的那棵桐树是泡桐，名字听起来就不好听。

他们虽是邻居，因为寰宇他们是半道搬来，两家没有什么来往。也因为年龄差着几岁没在一起玩过，就是平时见面了也不说话。随着人慢慢长大，读初一了，王敏一次在放学的路上问寰宇，“你们家的那棵树是叫法国梧桐吗？”

寰宇这时已是高二的学生，身材因为长得太快而不能均匀，腿很长，胳膊也长，上身和头却好像慢了半拍。寰宇站在团结巷里要拐进自家门之前回头看了一眼等在那里的王敏，说：“是。是法国梧桐。”王敏还想说什么，他低头往前走了。后来他们时不时地打过招呼，有过几次简单的对话。

从第一次说话约莫半年后，一个黄昏，王敏在护城坝下面的那个茅房里解手，听到外面有人进来，还没待她把身上的事情处理完，寰宇就进来了，她急着站起来提衣服，寰宇看了她个正着。

王敏以为寰宇会羞于见她，后来寰宇退学了，王敏总在傍晚时看见他。他会停下来挑逗似地看王敏。一次，寰宇把她堵在护城坝下的茅房里，几乎是强行摸了她的胸部。她看到寰宇是失望的，她的胸还太小，寰宇那双经常打篮球的手很大。

王敏退学了，去当了一名女工。白天在寰宇家的院子里上班，晚上回自己家去。那么多的女孩子挤在一个院子里，王敏似乎明白了寰宇毛毛躁躁魂不守舍的样子是为的什么。

她去过几次寰宇住的屋子，寰宇把她的衣服撩起来摸她的身子，她让他摸，有时把她弄疼了也不吭一声。

寰宇不光摸她，还摸其他的女孩子，这让她受不了，这让她觉得寰宇像她母亲嘴里的父亲形象，流氓。

那个流氓，在她母亲怀上玲玲之后的一个孩子时，不是去外面找人，就是把她抱到自己的床上。王敏那时还什么都不懂，只知道父亲抱她了就不往外去了。母亲发现后就跟他打了一架，胎也掉了，那个流氓便在她母亲掉胎的那一刻逃走了。一年后，玲玲被送了出去，这之前这个最小的妹妹已经会叫爸爸妈妈了。玲玲一叫爸爸，她们的母亲不管在做什么，都会歇斯底里地冲过去撕她的嘴。姥姥这时已经快不行了，上厕所都得王敏扶着。她使唤王敏去护城坝外的一个村上叫来一个远房亲戚，把玲玲抱走。三岁多的玲玲精灵一样，哄不走她，最后还是王敏跟那个亲戚同路去了，玲玲才信了那人。

待租房的租约都到了，王敏家的房子很快就被推倒了。全家只有一件贵重的东西，姥姥的一个黑樟木箱子，一米高，一米宽，一米二长，上面雕龙刻凤，一看就是件嫁妆。樟木也是这一带没有的，听说还是姥姥的母亲从江南陪嫁过来的东西。王敏把这件贵重的物品抬到寰宇家，自己也搬了过来住。说是租寰宇家一间房，寰宇却怎么着也不收这个钱。将是中年人了，人生走了一半，没什么好意气用事的了。不收就不收吧，也没有必要因此争执，或者揭老底冷嘲热讽。

王敏除了他家，也不是没地方去，团结巷另一头就有一户人家也是放租出去的，她完全可以去租一间，等待一年。

这个年纪，心底的仇恨要是在夜间升起来，也就在夜间化解。看着黎明到来，就觉得没什么是过不去的，除非打定主意要跟自己过不去。真是那样了，事情更糟了也还是得自己去面对。放下，盯住眼下的日子别跑了，无疑是能活下去最好的路途。

姥姥、母亲相继死后，最小的玲玲便没了人管教，大锋那个面脾气管不了她，亮亮和晶晶在读复习班，要考大学，不愿耗精力管闲事，能管住玲玲的只能是王敏。可王敏在外刚接手一家小小的美容店，只是她一个人，生意常常忙不过来，听说了她许多事也只能干着急，她回不去，因为还有亮亮和晶晶等着她赚回学费。大锋从刷瓶子换了工作做生产，工作三班倒，一个看不住就把玲玲看丢了。他能使的法子，只是把她堵在家里，坐在门口不让她出去。不知哪一年，玲玲吃上了摇头丸，也帮人卖，结交的人可想而知。她在迪厅经常遇着寰宇，寰宇并不吃，只是喜欢跟着哥们的乐队泡厅子。这个乐队初创时他是贝斯手，也打过鼓，有时乐队的兄弟忙不过来，他也会上去充当鼓手。上台后的他蜕去平日里的忧郁自有另一种的风流与朝气。玲玲总找他讨酒喝，跟人说寰宇是她大姐的男朋友，而她大姐是个像周慧敏一样漂亮的跛足。她说完还会像朗诵诗歌那样重复一下，“啊，漂亮的跛足”。寰宇不说话，由她把他桌上的酒瓶或是杯里的酒拿去喝。一个小的县城，只是那么几家迪厅，他们总是碰面的，玲玲喝醉了哭着扑在他身上，他也就免不了顺路把玲玲背回家。玲玲这时才多大呢，也就是虚岁十五六岁。香港回归前，整个社会，大江南北，似乎一片欣欣向荣，潮流不停不停地翻新，总有新鲜的事物你还不知道它是怎么回事就已经流行开了。人的观念也在不停不停地翻新，一个小县城多少年积累的价值观突然间全变了，所谓笑贫不笑娼应该就是从这个时候开始了。

王敏不得不回来是因为玲玲早产了，她不知道。王敏问她跟的谁，玲玲回：“我哪里知道，跟那么多的人上过床。”王敏不顾玲玲还是躺在床上坐小月子的人狠狠地抽了她一个巴掌。玲玲突然就癫狂了起来。“小时候为什么不把我打死？你们留着我，就是为了打我，你们撕我的嘴，你们就是为了撕我的嘴……”王敏把她按在床上，骑在她身上让她安静下来。然后王敏搂着这个最小的妹妹说：“大姐再也不打你了，大姐打你不对，大姐向你道歉！”玲玲癫笑，口含白沫，直笑到突然睡着了。

终究还是个孩子，玲玲在招出是寰宇之后听从了大姐的主意，配合大姐把寰宇告了。寰宇丝毫没有反驳，认了。他最后一次见王敏时说：“我认了。对，是我。我也刚好想进牢房里去，我在这个世界活够了。老子早就想躲个清静。”

王敏这时心中的恨是说不清的，她恨寰宇时眼前出现的都是父亲那个流氓男人，她想把这个人按在地上斩碎了他，她想把光溜溜的母亲从他的身子底下拉出来，要是她再伤心一点能连母亲一起斩了。她那时那么想时不由自主地护着自己的下体……

这件事弄得满城风雨，家有小女孩的人家这才知道要提防色狼，提防知根知底的邻居。也这才知道要给孩子上一堂生理课。他们讨论开了，这堂课该是家庭上还是学校上？一个母亲该是直言不讳地讲明白男女之事，还是捂着最要害的环节？

寰宇的妻子在消息出来之前就搬走了，据说从哪里来又回了哪里去，跟了另一个混子男人过去了。

王敏平时出门办事是不跛脚的，她把自己修饰得很好，形体上还是一个未生育的女人身段，因为开美容院出身，也知道怎么保养肌肤。总之她怎么看都是好好的，在团结巷新旧相貌的巷子里穿行，很是有点富态的样子。这个巷子的老住户多半迁去新区了，留着少有的几户老邻居也都是上了年纪的老人，他们的眼睛蒙眬，你不告诉他们你是谁，他们是不敢认的。说了反吓他们一跳，说，喔，大敏啊，你回来了啊。随后便是一顿感叹：“你把几个弟弟妹妹供大不容易啊！”都是记得那场事故的，还有要往这上面聊的，王敏多是不愿意了，说，都过去了，人要往前过，没有往后翻的理。那貌似热心肠的大娘听她这话便觉得时间把这孩子拉扯大了，这说的都是大人话哩。怎么不是呢，这位大娘没有细算，细算下来就知道多少年的时光都已经过去了。或者人都是这样，不关乎自己的，又如何真正舍得去操那一份心？

出去一天，回到寰宇家，那边工地上的活也都停了下来。寰宇也早就扫过了院子，坐在那棵梧桐树下自得一身安宁与清凉。

两个人彼此都不提前事，偶尔说说王敏家房子的进展。有时王敏也会听听寰宇的意见什么细节处要怎么弄。

反复谈着这些，有些话也都知道已经说过多少回了，像窗户怎么留，门框怎么处理，但话一旦起了头，还是会说说。说了，歇话时，王敏会借着黄昏的余晖打量寰宇脸上的神情。寰宇是那样的木然，面上完全没有反应出岁月的伤痕。

从搬进寰宇家，这么多天相处下来，王敏心里早已经准备好了谈论这件事，她试探着说："我是知道玲玲的，那件事，肯定有玲玲的不是。"她说着观察着寰宇，但这突然的话题似乎并没有惊着寰宇，或者他在心里也早已有所准备，他听着没有抬头，依然在冲茶。王敏见他一时不搭话，就看着他，知道他手掌里握着的那把红泥壶盖上摔了一个口子。喝功夫茶并不是这个地方的习惯，听说他出狱一年多也没有出过外，不知哪里得来的这个习惯。茶是上等的好茶，出水时便能闻到香。香也不浓，先是清香，后才醉人。寰宇之前说过这个是岩茶。王敏也知道岩茶，福建武夷山的特产。

寰宇不应她，她也想继续说下去："你还是恨我们的吧？”

“说实话吧，真不恨。我想进牢房才进的，我不想进，那件事弄不进去我。事实进了牢房后，情况确实如我理想，因为在里面自己思想的时间多，人心得到许多的观照，很多事情更容易看得明白。再说，我在里面还可以专心地弹曲，里面的人是要比外面的懂得尊重的。”

寰宇这话让王敏陡然间生出一丝懊恼来，心想，怎么说，即使不全是你的责任，你使一个小女孩儿出事了就没有一点儿歉意？王敏心里不悦，想着我都原谅了你，不计前嫌跟你继续搁邻居，你倒大言不惭起来。

王敏看着他，压着情绪不言语。当然，她也在思想寰宇说的在牢里到底是个什么状况，怎么反而“里面的人是要比外面的懂得尊重的”？

“好吧，都过去了我也就说说。我没有侵犯过玲玲。我是送过她几次回去，都是喝了不少，我也跟她一起在一个床上睡过，是她又哭又闹，不让我走。当时我只是想她是你的妹妹，大锋又管不住她，她要是肯依我，我倒是愿意帮忙看着她不让她太过了。但我真没有跟她发生什么。玲玲心理是有问题的，我进去那天你也跟我说过，她有癔症……你明明知道她有病，你还信她的……要有怪，我也是怪你这个。还是那句话，是我想进牢房了才进。”寰宇说话时脾气时怒时收，话说完，倒又静了。

“她去找过我爸，她跟我说见到过他，说他过得很好，是个很有钱的人。我不信她这话。玲玲的问题太多，被母亲抛弃，又被别人送了回来，母亲那时已经生病了，除了跟买水果的人说话，回家不说一句话。玲玲是我带大的，可是后来我又走了，我不该在那个时候离开她。她至今恨我。都以为她恨我是因为我让她的事弄得路人皆知，这只是其一。其二，她还恨我离开她出去打工，这让她没有了依靠。说句话你别见怪，玲玲一面恨着我，另一面又很高兴我把她的事弄得满城都知道，这样她心里反而踏实了，谁都可怜她，谁都同情她，对她很好。她觉得大家都在乎她。她现在在东城那边跟她的邻居相处得很好，就是跟我们一家人不好。你说没有侵犯过玲玲，我一时不知道怎么面对你。”

王敏抽起了烟，心里犹豫。

寰宇起来走走，像是被王敏的质疑惹恼了，而又不想费劲解释，当他再次走到王敏身后时，突然从后面抱住了她，强吻着王敏的耳朵喃喃说话。王敏不明所以，想要挣扎，心里便气了，说：“你怎么这样对我?”

王敏这么一说，寰宇便撒手了，说：“我以前就是这样对你的！只是那时不知道要怎么做，要搁到后来，你早就是我的人了。哪还轮到什么草包子男人帮你接手美容店才收了你。”

王敏听他这么说不知道说什么好，心里琢磨着他对她在外的事可能是有所耳闻的。王敏不知道寰宇知道她多少，但想他知道的部分未必就是事实。她是爱钱，因为她需要钱，需要担当起一个家庭的责任，需要担负起弟弟妹妹的爹娘的责任，供养他们读书，将来上了大学出人头地。她开着美容店，跟了一个怜悯她像她一样跛脚的男人，后来也做过零散的非正当生意。就这样，直到她发现他老了，又突然发现弟弟妹妹不需要她来赚钱供养了，她决定结束这段与他扯不清道不明的关系。是啊，二十多年了，施与受都已麻木、疲惫不堪。她心里想到这，一时非常感慨，不自觉端正了坐姿。她并不确定眼前的寰宇这样突然的是怎么了。

寰宇看着王敏，可能以为王敏端正了坐姿是要与他撇清什么。突然又恼怒地说："我不知道我是不是恨你，我们都是从小就缺少教养的人，那个时代那个年纪，我们又懂什么？就知道那是一个花红柳绿的时代，好像什么事都是新鲜的，没有对错。就像你后面成了有钱人，你供着弟弟妹妹上学，说着你坏话的人转眼又都赞美你，伟大呀，不容易呀！我不知道你那样是对还是错，其实我做的事情并不比你好到哪里去，我憎恨我姐姐，我使劲花她的钱——"（王敏突然哭了，低下了头。）"是啊，还说这个干吗？像你仇恨我，我心里也仇恨你……"寰宇不知是觉察出自己把话说乱了，还是因为王敏哭了，嘴里的话为难地停住了。

王敏默默地哭。寰宇许久又缓和着语气接着说："我以为这一切都是因为我们缺少教养。你的父亲欺负你，我也被什么欺负着，我分不清是非，我看着一个男人那样对我的姐姐，我姐姐看到我在门后看她们也没有叫那个男人停下来。

她的眼神很复杂，有承受，有舒适，我不知道她是什么意思。总之，我们被那些年毁了。我们都处理不了生理的诱导和那个社会给我们的愚蠢启蒙，我们最终落下了悔恨，只好以暴力中断那么继续下去。你是，我是，玲玲是，大锋也是。要说，我们这几个人，只有亮亮和晶晶是健康的，他们在很小的时候就已经知道自己要什么，知道怎么处理自己遇到的问题。”寰宇有些哽咽了。

“你不行，大锋不行，我也不行。我跟姐姐还是很小的时候，母亲宁死也要离开得了肺气肿的父亲，一心回到她出生的大城市去。我们不懂她为什么不怕父亲打她，打得她满脸是血。她忍着，她不还手。后来我们搬到这里，没想到这是一个更糟的地方，大人没有正经的工作可以做，也不像城外的农民有田种，小孩子除了读一点书不知道该干什么。不分年纪大小的男孩子挤在录像厅里当众手淫，没有人不会这个，我跟你说过，这是一个鬼地方……”寰宇实在说不下去了，他显然事先没有梳理过这番话。好像这些话对他来说太突然，他一时不能掌控。

他们面对着面，王敏到底是把哭泣忍下了，安静地坐着。寰宇说的这些，王敏都从中经历过，她对那个时代没什么好说的，父亲走后，母亲和大弟弟两个人挣钱养一家人。在她们家，晚餐常常是限量的，一个人只能吃一个馒头，亮亮每回多吃都会被母亲打上一顿。而她平常是不能跟同学玩的，偶尔一两次，母亲见她玩得忘乎所以高兴过了头，会无端端打骂她，说她忘了自己是谁，想当凤凰……唉，像寰宇说的“还提这个干吗”，不是都过去了吗？

王敏安静下来后，寰宇还在说，她也未劝阻寰宇，气氛僵着。也可能是王敏安静了下来，让寰宇在艰难的叙述中慢慢地也安静了。这时刻他们仿佛一下子回到了少年时，无论寰宇多么暴躁，当面对平静的王敏他便能静下来。寰宇曾也问过王敏，你为什么总能这么平静，王敏说，忍。

安静之后的寰宇身体放松了，借着暮晚，天色低垂，彼此都看不出对方的尴尬。王敏觉得能体谅寰宇，这体谅并非来自自身的遭遇，而是因为时间，他们都已从少年走向了中年。如果说少年时她能“忍”着与这个世界相处，而现在，她算得上是坦然面对了。过去多么不堪的经历，她也已经抛弃。她不要什么大福大贵，她回到这里来，就是想安安稳稳地过些日子。那些不知道要为什么付出的，她也都已经付出，她因此好像拥有了亲情。但仔细想想，这亲情又跟她有多大关系呢。每个弟弟妹妹都在过着自己的日子，她看似还像这个大家庭中的家长，可是谁少了她都一样把日子过得好好的。就像抖尘埃一样，把身上的这些似有可无的责任抖落掉，如果心里还有一份惦念的——她想，应该就是面前的寰宇了！就是，人一旦活到一定分上，心里的那个疙瘩一定要解开，多难的问题一定要去面对，什么结果不重要，重要的是它可能从此就有了结果，或与你无关了，一个人也就可以轻轻松松地上路了。

这样冷静的时刻，彼此都知道对方的身体里未必还是少年时代的那个人，未必还是少年时期的爱——尽管现在仍然说不清道不明那是否是爱，可能因为情境相似，那种冲动依然在。他们一时谁也没有动弹，也都知道以前的伤痕没有完全过去，但是真的没有必要再去纠缠了。这时的他们，看似静止了，因为什么，肉体已经陷入了另一种干扰。也或者是两个孤独肉体的神启。但这干扰是他们明晰的，能承受的，哪怕仍然有错，也能明明白白地去错。

明明白白地开始和接受，清清亮亮地经过。事后，寰宇像溺水的人终于爬到岸上，意味深长地说："你不要穿玲玲送的那双鞋子了，我们都无须回到过去。就是这个巷子还是原来的样子也不能把我们带回过去。"

新　年

1

阿风出来打工的时间早，初中毕业就出来了。

阿风结婚也早，媒妁之言，十九岁那年腊月嫁给了一个表姑夫家的外侄子。表姑是媒人。

表姑说：“知根知底的人，放心，嫁过去亏不了你。”

表姑还说他小时候就对她好。

因为连着亲戚，想想以前去表姑家是好像遇着过。最早的那次，她还很小，表姑是刚嫁过去的新媳妇，想在婆家自在些，想平时能有人跟她说上话，就把她和表姐叫过去陪伴一段时间。新媳妇，很特殊的时期，除了叫小孩子，成年人过去做伴实在不合适。表姐是阿风二姑家的孩子。表姑是姑奶奶家的姑姑，家境很好但身世复杂打小养在外婆家，跟二姑是表姐妹，是打小的好朋友。原是大人的情谊，后来牵扯上孩子，表姐小小的认了表姨为干娘。认了干娘也没当回事称呼，嘴上还是叫姨，“表”字也省去了。阿风跟表姐是一年出生的人，表姐上小学了，她还没上。两个人什么也不懂，但高兴两个人能一起玩，有奶糖吃有零嘴吃。表姑给她作这门亲时总说：“你们小时候在一起玩过哩，姐姐跟你争东西，他总帮你哩！”阿风不记得那些细节，既然是大人的记忆，帮过没帮过也是大人说了算，大人说帮过就帮过了吧。经表姑这么说阿风只能隐约记起有这么个人，仅此而已，再怎么也不能记起更多了。

阿风这年在浙江打工，腊月一起就随老乡回来了。老乡悄悄跟她说，有人给她介绍一个对象，那个人在广东，她见着照片了，长得跟郭富城似的，好看！因为老乡计划着第二年到广东去，对浙江不指望了，所以这年提前回来。阿风当初是依着这位老乡出去打工的，老乡回她便也想跟着回。广东嘛，她也想去，这时下风风火火的，听说几天就能起一座楼。而在浙江她们是在一个家庭作坊里做拉链，阿风的手对金属过敏，但她不知道这个世上还有过敏一说，以为是自己的手不好。这活没做半年，手脱皮得不成样子，阿风早就不想干了，但一直不敢讲。

阿风这是回来早了，村里没人玩，闲了两天待不下去，去找隔着两个村子还在读书的表姐。表姐忙着考试，住校没回来，没见着。阿风在二姑家遇着了表姑，表姑还是她小时候认识的那样，说话快，傲慢，因为嫁得好总能帮着娘家亲戚，在“这边”很是把自己当回事。表姑自己的娘家有钱有势，是不肖她帮的，所以她的精力还是放在了打小长大的外婆家这边。表姑虽在这边长大，大事还是父亲那边定夺，婚事也是那边指定的，出嫁也是从那边走的。虽是从那边出嫁，这边大家也都知道她婆家也不差，也蛮富裕，靠着县城，他们家一年四季不用做农活。

阿风到时，二姑一个人在忙着杀鸡做饭，表姑远远地坐着，玩弄着涂了指甲油的双手。虽然隔得远，二姑和表姑两个人还是亲切地聊着天。表姑时不时撇一下嘴，二姑也不在意，抬头笑一下，又低头专心地拔鸡毛。阿风起初也没帮手，二姑烫鸡的热水不够用了叫她帮忙倒热水阿风才过来。阿风帮忙倒完热水，也不知二姑还叫不叫她再做什么，便站在一旁没走。远处的表姑有一搭没一搭地说着闲话，阿风听不懂她在说什么，只见她一边说话一边一根一根地捋自己的手指。表姑的手很白，白白嫩嫩的白，在冬日暖阳的照耀下每一根都像大葱白。阿风看过表姑的手又看看正在拔鸡毛的二姑的手，二姑的手像拔了鸡毛的鸡背，皮包着骨，手指关节上的皮皱皱巴巴。不知怎么的，表姑突然大笑了起来，说："有了有了，这不是还有小凤嘛！"二姑像被表姑启发了什么，接着话说："是的，是的，小凤出去几年，眉眼都长开了，比在家时好看！"二姑说这话时手里还是在忙着拔鸡毛。一只芦花鸡，又老又瘦，毛却多，怎么也拔不完。

表姑又一阵笑，阿风不知所以，但受表姑那笑声的感染，也跟着笑了。她看一眼二姑，二姑也在笑。

吃完饭，表姑便非要给她做媒，捡了她与那个小伙子小时候一起玩时的几件趣事说了说。阿风觉得那些事都不好笑，表姑和二姑依然笑得很开怀，饭前院子里那种皆大欢喜仿佛还在。二姑赞同，她拍着阿风的肩说她也见过那个小伙子，长得好看呢，跟明星似的。发型也是明星那样的发型，那明星叫什么来着？表姑说：“郭富城。”阿风心里想，怎么这么巧，他也长得像郭富城。

阿风当初什么也不知道，表姑那趟去二姑家是专门给表姐提亲的，但表姐初三复读两年后考上了中专，二姑觉得孩子都考上学了还找什么乡下人，客气着不吐口应这门亲。不然这门亲怎么也轮不到她的。阿风除此之外还有一事也是领会不到，“四大天王”一下子席卷了整个中国内地，郭富城的几首歌正流行，人也最红，一段时间里凡是说人长得好看的都说长得像他。

这天过后，第二天表姑和二姑就约着去阿风家给她提亲。阿风一看照片才知道表姑要介绍的小伙子不像郭富城，倒有点像唱“花谢花会开”的那个歌星。但她没因这个为自己推托，这到底是个什么事她终究还是没弄明白，懵懵懂懂，只知道自己这是要处对象了。

二姑可是阿风的亲二姑的，二姑也看好这门亲，奶奶和父亲这一关根本没阻碍，这事就算成了。说起来，也是肥水不流外人田，小伙子大阿风五岁，家景不错，人看着也标致，还会开车，时下在广东一家工厂里给领导开车。不知道小伙子抽了什么风，这年提前回来了，要家里人给她介绍对象把婚事定下来。本来这小伙子也是心气高的人，一直不让家里人给他介绍对象，要自由恋爱，自己找。阿风自己没主张，听由大人的，这门亲事便由大人定了，双方一说即成。一成那边就送了礼定了亲，小伙子家在县城郊区，约阿风去县城买新衣看电影，又留阿风在县城里玩了几天，然后他们家就趁年底热闹把酒席办了。事情来得快，办起事来就急促，多少天的活赶着几天做，阿风的婚事就显得风风火火热热闹闹的，透着一股喜庆。

很自然的，结了婚了两个人就往一处去了，过了年阿风跟丈夫一起到了广东莞城。

丈夫在工厂给领导开车，给她在工厂安置了仓管员的工作。还帮她造了假，弄了个中专学历。表姐也不过是在读中专，都还没毕业，这么一来，她倒是比表姐还先毕业了。那个毕业证书是丈夫借了别人的照着做的，阿风见过那个原件，简直一模一样。真的很真，没有任何可挑的，厂里一点也没有质疑，那个年代上过中专也算是光彩了。阿风的丈夫不笨，考虑到阿风真实的情况，没把阿风安排去总仓，而是把她安排在一个子料仓库里。这个子料仓人少，工作简单，不会出大错。阿风呢，多少是比做姑娘时灵活些了，也会照葫芦画瓢了，拿着总仓那边出的清单核对入仓数目还是会的，从子料仓出货到车间监督搬运工搬运也是会的。她应该是带着身孕来到莞城的，没上班多久就显怀了，确认怀孕后人也娇了，央请丈夫把她调去对账。这活更轻，坐在那里不动就好了，连车间也不用下了。还有一个月要生时，丈夫把她送回了老家生孩子。

时间过得快啊，孩子转眼两岁了，阿风计划着等过了年，开了春，孩子吃也吃得好了，玩也玩得欢了，便把孩子交给老人带，她去广东找丈夫去。这年丈夫没回来呢，上次见着还是去年过年的时候。

2

阿风还记得她到来莞城的那一天，丈夫开车到火车站去接她。一个女人坐在车上，那么光亮的车，那个女人坐得那么端庄，她想到自己的样子一时不知道如何是好，是上车还是不上？她以为那个女人是厂里的领导，拿出了一个乡下人懂得的所有礼节来跟她打招呼，又点头又鞠躬又挥手的。丈夫把她的行李放在后尾箱，把她引到副驾驶座上。因为担心后面坐的端庄大方的女人是丈夫的领导，她一路都不敢吭声，在老家生养两年多的孤独和寂寞也不敢在丈夫面前急着表露出来。

她随丈夫到了厂外的一个地方，是工厂附近村里的房子，虽是破旧的，倒像个家棚，生活过日子要用的锅碗瓢盆一样不缺。那个女人半道下车走了，她直到进了屋也没有弄清丈夫为什么把她带到这里来。她定定神猜想，这栋楼应该是丈夫跟别人合租下来的吧，不定哪一间才是他的。这栋楼一共两层，水泥的外墙，破旧发黄的内壁。院子里是当地人家常的样子，有几棵大小不一的果树，一棵龙眼，一棵黄皮，再有一棵杨桃和几棵高瘦的木瓜树。龙眼树刚开花，木瓜树有的刚挂果，有的结得很大了，像剖开母鸡肚子看到的一串鸡蛋那样，有两个可以生下来了，还没人摘。丈夫以前不管是写信还是打电话一直没有提过他在这边的情况，她来了，一切才真相大白。这栋房是那个女人租下来要跟她的丈夫一起好好过日子住的。女人是厂里的业务员，同时在外还办了一个小厂，算上她自己也就五个工人。女人是厂里的业务员，按说阿风以前跟她应该是打过照面的，她是仓管员嘛，但是阿风怎么也想不起来她是谁。女人掌握着厂里的业务流水信息，利用业务员工作的方便，以前常常分单出去给别人做，她从中抽取中介费。后来见这样生财快，自己干脆弄了个小作坊分单过来做。阿风不知道女人怎么与她的丈夫好上的，丈夫没说。丈夫觉得没必要向她说明那些，他说他只拣重要的说，那个女人现在正筹谋着扩大厂子叫他辞职不干了管厂子。而她自己则不辞职，她还要继续在原厂做业务，随时掌握着厂里的出单情况。照她的设想，她的小厂不出两年就能赚大钱。

真相大白了，事情就好办多了，丈夫说明这一切后跟她谈了分手，他说要干大事，就要找个这么能干的女人才行，不然凭他一己之力累死也发不了财。

阿风知道后情绪有些激动，想闹一闹，想把他这样的负心汉揭露出来，可是丈夫不屑她的任何举动，当看不见，跟那个女人准时去上班，准时下班。家里有专门给工人煮饭的人，中餐会专门给她留一份，晚餐煮好了也会通知她跟他们一桌吃饭。只是那女人眼睛从不看她，嘴从不对着她说话。阿风没遇到过这样的事，心怯，饭桌上不敢闹。是的，到底还是她不敢。阿风没闹成，也恨自己不敢闹，她从丈夫那里离开时甚至都没有跟老家那边的人说。她只虚弱地劝自己，“就是让做媒的表姑和二姑知道了她们也管不着，闹有什么用？外面的人来自天南地北，谁也跟谁没关系，谁又会有闲情操心别人的事？”阿风想起第一晚丈夫还没说事之前都不愿跟她同房，她摸他一下都不行，看来那身体早不是她能摸的，早对她有了远离之心，根本不是这一两天的事了。阿风还想到，她这情况搁古时候是被人休了。事已至此，阿风不放弃是不行了，磨了几天磨不下去，只好带着无名的自尊心稀里糊涂地走了。

阿风的心仍有不甘，她这时并没有走太远，还是在原来同一个工业区内打工。果然不久她打听出来丈夫跟那个业务员新搬了厂房要做大事了，她觉得自己再不可能有希望了才离开。

离开后不久，某一天，阿风又觉得自己想透了，她折回头来找到丈夫，跟丈夫说：“我不是你休了不要的，我是主动提出来跟你离婚的，我也是有自尊心的人，干吗非要吊死在你这一棵树上。”阿风好像怕自己没表达清楚一样，急着问：“我们什么时候离婚！”当时那个女人也在，女人听了转身进自己的屋里去，剩丈夫一个人面对她。阿风的丈夫在抽烟，人并没有什么反应，慢悠悠吐过烟子踩灭烟头之后才跟她说：“随时，随时可以。”他们离婚时，阿风没回去，丈夫跟她说她不想回去可以不用回去。那个时代很多事情是很离奇的，照说结婚离婚是两个人必须在场的事，事实却不全是，她不回去，丈夫一样能把离婚办了。

那个女人真的很能干，厂子很快赚到了钱，仅在第二年年末女人就给了阿风的前夫一笔钱叫他赔偿阿风，把这边的事了结了。女人以为了结的办法是用钱把阿风的孩子换过去，从根上把他跟阿风的关系断了。那个女人也有个孩子，是个女儿，两边的孩子一般大，所以计划着一起养，早养早贴心。

孩子给过去时是阿风出来之后的第三个年头，是春天，1997 年，香港回归前，社会上很多流言，说深圳驻扎了很多部队，很多坦克车从大街上过。当然，那些都是传说，阿风能看见的社会却是祥和而喜庆的，那样的消息也似乎并没有影响到他们在的地方。不管将来是怎样的吧，阿风没心思去领会，她只是苦恼着，不知道一个女人一生的路走到这里接下来该怎么办。阿风的孩子是儿子，这年快五岁了，要是女儿她断不会给过去。出于对阿风的补偿，前夫给了她三万块钱。

阿风出来之后，孩子让姥姥带着，虽不在她身边，但给过去了，阿风心里一下子还是没了着落。

这一年太热闹了，到处欢欣一片，对香港回归的期盼里有一种让人紧张但又说不出的滋味。有的人捕捉到什么，想法多的断断续续离开，或者及时行乐，没想法的人跟着看热闹。听说不远的特区深圳走了很多人，闹工荒，阿风想在前夫接儿子来到莞城之前离开这里，趁当下这个特殊时期逆流而上去深圳。

到深圳后，她先是去住了五元旅店，每天早早出去找工作。她想回归自己，去见工时总是实打实地跟人家说初中毕业。这么说，倒也找了几份工作，都是小得不能再小的小手工作坊，她去上两天班就不想去了。可能是没心思上班，但她不知道自己的状况。不想去小厂又没地方去，每次从厂里出来只好又回到五元旅店里。前夫赔了她三万块钱的，这在那时对她来说是很大的一笔钱了，她不缺钱，但她并不知道钱应该怎么花，她这时还秉承着农村人的本分，只懂得勤俭节约，也想不到去做点生意。反反复复进了几次五元旅店后，她留意到几个固定住在这个旅店的女孩白天都不出去，但一到天黑又不见人，常常是她睡了一觉了才见她们回来。有次一个女孩连着两天没出去，第二天早起了，阿风叫她一起出去找工作，那女孩虽早起了，仍是长期不见光日那样睡眼惺忪的。女孩跟她说不舒服不想去找工作，阿风一个人去了，中午后回来给女孩带了好几条招工的信息。女孩的心还是善良的，受不了阿风蒙在鼓里对她这么好，就跟阿风讲，她是在夜总会上班的，所以天天晚上出去。阿风说，喔，你是有工作的呢！阿风这么说时心里多少有些失落，想想自己都还没有着落竟然去操心别人。女孩也没说在夜总会做什么，阿风当时也没问。她没去过夜总会，就听说是喝酒唱歌的地方。又过些时日，阿风还是没有固定下来，女孩又没有去夜总会上班的时候她们又聊起天来。女孩说，你总也找不到工作也不是个事啊，然后就问她想不想去夜总会上班。说都是出来打工的，什么工作都一样，别跟钱过不去。阿风说，哪里哪里，我不挑工作的。这话说过没几天，女孩帮阿风打扮了一下带阿风去了夜总会见工。去了就知道了，就是做三陪。可惜她知道自己年龄有些大，姿色又不行，一米六二，大嘴，细眼，腰长，用前夫的话说无论怎么穿衣，从后面看就像一米五八。阿风有些自卑，总也放不开，所以阿风没做几天就被妈咪叫停了。妈咪不要她，阿风也认，那些女孩小的十五六岁，大的也顶多二十出头。这么小的年龄吧，一个个还特别看得开，当着那么多人的面都能让人把手伸进去摸奶子，而她们好像跟没事人一样，悠然地吃着水果，撕着烤鱿鱼。又或者直接骑在男人的身上，跟男人面对面调情。这豁达，这悠然，她哪里比得上！她最后还是凭着那张假的中专毕业证做了娱乐场所的一名收银员。

收银员的工作，阿风起初也是摸不着门道，带她的人很不耐烦，试用两天后报告经理说她不行把她辞了。好在这是个新新世界，到处一片欣欣向荣，总有正在招工的地方。阿风一次次见工失败也不总是坏事，她在一次次失败中总还是学到一些东西，每换一次工作便长进一些，后来去面试多少也像个入门的人了。一家酒店新开需要的人多，好姑娘都不愿意去桑拿部，阿风便自告奋勇说她可以接受去桑拿部工作。

还有一个多月香港回归，酒店装修布置什么的都弄好了，老板还是没急着开张，阿风所在的桑拿部只偶尔的有老板或经理带客人来试钟，正式开张听说要等到香港回归以后。阿风她们大部分的员工无事做，只是接受培训和做细微处的清洁，每人拿一块美工刀片，一块干净的抹布，刮刮什么，然后擦掉。

并没有什么意外。香港回归后第二天，酒店就开张了，挂五星的牌，跟庆祝回归一起庆祝开张，阿风有生以来的第一次理解了什么叫普天同庆。

酒店开张后，她的生活才算安稳下来，她的一颗心也才落地，不再是那种没着没落的感觉了。后来，阿风也是在这里再次遇着蒋健。

3

阿风认识蒋健倒是早的，在她学做三陪的时候就见过。那时蒋健是一家银行的信贷员，陪客户唱卡拉 OK，蒋健给客户叫小姐，自己不要怎么行呢，就要了没人要的阿风。阿风说好的不出街，蒋健说好，我就要不出街的，想出街的还得找别人去。阿风高高兴兴地依着蒋健坐着，学着跟男人应酬往蒋健的身上靠。蒋健倒规矩，仅是把蹭过来的阿风抱一抱，亲一亲脸，并没有做太轻浮的举动。

阿风不叫阿风，原名叫王小凤，她想起从小到大大家都叫她小凤小凤的，觉得小凤这名字太土，学做小姐时仿着其他几个姑娘阿桃阿梅的名字，给自己改了名字叫阿风。“风”和“凤”在白话里发音差不多，也好像在南粤这个地方，什么名字沾一个阿字，人就不一样了，就时髦了。

蒋健说：“我看你眼熟。”

阿风说：“这句我听多了，能换句新鲜点的词吗？”阿风站起来把发票递给他，脸上笑着，老练地把目光往蒋健的脸上看。阿风这会儿已经学会了男人女人之间的那些挑逗和暧昧，她也知道有些男人会对她们这些酒店的服务员收银员高看一眼，以为她们与夜总会里的三陪小姐和桑拿里做推拿的小姐有所不同。这不同阿风是清楚的，小姐工作时不能挑客，按照业内不成文的规定不能拒绝客人的要求，只能是客人挑选她们。但你挑选她们，就得付出她们标出的明码实价，权当这是一种公平交易吧。酒店的服务人员不同，客人不能挑选由谁来为他服务，不能有服务之外的非正当要求。想在这里泡妞，能不能把她们约出去要看你的本事，钱多，人周正，会甜言蜜语你总得占一样才好。有的客人为了泡到一个看着欢喜的女孩不惜在酒店里放下客人享有的上帝之尊看她们的脸色，奉送些贵重物品换取她们欢心。她们是不标价的，两情相悦就随你去了，给不给钱是不在乎的。说到底阿风知道这是根本上的两种人，在对待男女之事上，一种是职业需求，一种是自甘堕落中附带的雅趣。至少跟她一样做服务员的这些姑娘觉得自己高雅，是自由恋爱，不是出来卖的。

蒋健还穿着大浴袍，有印着酒店名字的一次性的拖鞋不穿光着脚夹着坤包就出来结账了。

蒋健说："姑娘，要是我没记错，你叫阿风。我上次来就看你眼熟，没想起来是谁，怕是遇着幼儿园的同学了，隔了一段时间没敢来。好在后来终于想起来了，又敢来了，帝豪夜总会，这名字你熟吧？"蒋健嘴里还叼着烟，想开玩笑又想把话说清楚，说话怪里怪气的。谁知道呢，也许是喝多了桑拿完了酒还没醒。

阿风一愣，这就正式地看蒋健一眼。好像多少看出点什么了，脸上有些虚，掩饰什么说，"我叫王小凤不叫阿风。"

"阿风也好，小凤也罢。我给你个电话，你有空了给我打个电话，我请你吃饭。"蒋健漫不经心地放到阿风收银台上的电脑键盘上一张名片。

在酒店工作是可以取"艺名"的，但又不是艺人，或者说是叫"别名"。阿风在这里使用的名字还是阿风，比起王小凤，阿风这名字确实好听些。阿风收了名片，她刚才在吃宵夜，这会儿有点吃不下去了，想这个人会是谁呢？

她觉得蒋健倒不坏，相反还有点修养的样子，说话也客气，虽然流露出了轻佻，但看着不下流。她决定打个电话看看这人是谁。

第二天她醒来就十一点了，去酒店员工饭堂吃了饭，回去躺在床上玩弄蒋健的那张名片。“信贷部经理”，上面写着。

“找蒋健。”阿风铆足了劲打电话，电话接通，好像怕这股劲头泄了，连“你好”也没顾上说。

“你好，哪位？”那边倒客气，但似乎有些惊慌的语气。

阿风绷着的心松了，想自己这语气怕是像讨债的。柔些语气说：“我是阿风，你昨天让我有空了给你打个电话，说请我吃饭。不过，你也可能喝高了，把要对别人说的话对我说了。”

“喔喔。你好你好。这样，我昨天没睡好，这正午睡呢，晚上在潮锦轩跟几个哥们吃饭，你一起过来呗。”

“怎么搞得跟你很熟似的，你叫去就去啊，多没面子！再说现在坏人这么多，你把我卖了怎么办？”阿风说。

“卖不卖不敢说，你放心，不‘出街’。”蒋健说。

阿风头轰一下就大了，坐了起来，原来是那个人！她这边惊诧，那边不知道她怎么了，说“喂喂喂”。

阿风难以揣测蒋健是怎么记起她的，想想昨晚的情景，他那么肯定。

“姐没那个好命，就坐了三天台，被你撞着了。后来人家不要我，嫌我不会来事，把我踢出来了，我也就从良了。”阿风没生气，事隔这么久，她也转了行，抱着对自己负责的态度向蒋健做了解释。

“别误会，别误会，我就是开个玩笑。不介意的晚上出来吧，交个朋友。”

阿风能感觉到蒋健说完这一串话后吐了一口气等她的反应。她想，去吧，本来就清白，去了更清白。也因为这两年在娱乐场所，其实没少跟客人出去吃宵夜，谁怕谁呢。

但她去不了，晚上上班呢，她很珍惜这份吃喝住和工薪都还不错的工作，不想随便请假或者调休，她不想让经理把她划到“不稳定收银员”名单。说改天吧，哪天休息了提前给你发信息。

4

“姐明天休息。”阿风孩子给过去了，经济上没什么负担，随着潮流弃了 BP 机换了手机，用新买不久的诺基亚给蒋健发了个信息。

“别总姐、姐的，你没我大，以后叫哥。我看你一脸老实相，也不像风尘女子，带出去也不招闲话，认你做个妹吧！还是潮锦轩，晚上来吃饭。”蒋健回。阿风到时，包间里才两个人，这里是高档酒楼，每个包间配两个服务员，一个不出包间，一个外联。当然，要是客人谈论重要的事，可以要求里面的服务员回避。

外联的站门口，给阿风开门，鞠躬把阿风请了进去。阿风很熟悉这一套，人家越礼貌你要越受得住，不然会显得你没见过世面。

阿风点头谢谢后进了门，蒋健热情地拍拍左边的位置。阿风懂，大方地坐了过去。坐定，服务员倒了茶水，蒋健才向另一个人介绍说："我表妹。像林忆莲吧！"

那人倒会捧场，说："真像。但比林忆莲更好看，眼睛也大。"

蒋健哈哈大笑两声之后没有了下文，伸手过来要给阿风涮碗筷。

阿风刚谢过服务员倒水，忙拦着蒋健说自己来。蒋健说，那连我的一起涮了吧。

阿风看一眼蒋健心里一笑，想"怪不要脸嘛"。但想到蒋健说她是表妹，又立即做出表妹的样子，听话地帮蒋健涮碗筷，嘴里还说："他从小就使唤我，老叫我给他洗臭袜子。"

蒋健听阿风这么说不知他想到了什么，一脸的窃喜不能自持，吐了一口万宝路烟子说："还真是这么回事！"说着又伸手过来摸阿风的头。

阿风扭一下脖子，把头移开了，然后又转过来帮另一个人涮碗筷。那人自然又夸"表妹"人好，但对"表兄表妹"

的举动一点也不好奇。

两个胖子进来了，跟了三四个瘦点的。蒋健一看这阵势忙站起来叫罗总、王总、李总、牛总。戴最粗金链子的是罗总，坐主位，另有一胖一瘦在他左右一边一个坐下，其他人就随便坐了。

全桌就阿风一个女的。蒋健又把阿风是表妹的话说了一遍，坐主位的罗总倒是给面子，双手递了名片，握了手。

菜早就点好了，罗总一落座，刺身、醉虾什么的海鲜上满了一桌子。服务员倒酒，蒋健使唤阿风给罗总倒酒。阿风没说什么，起身照做。罗总装作受宠若惊的，都站起来了。蒋健说罗总您坐您坐，自己家的表妹，别客气。又好像给自己圆个什么场说："刚从内地下岗出来，准备在这边找份工作"。

罗总说："还找什么工作啊，这么漂亮的女生，去我公司吧，不干活就那么坐着都行"。

蒋健忙回绝："这小事就不用罗总操心了，我已给朋友打过招呼了去他公司当个文员。先见见世面，回头懂事了再去麻烦罗总。"然后扭头冲阿风说"你看，人虽漂亮没读过什么书就这下场，只能去办公室端茶倒水扫扫地。"

阿风笑，当他开玩笑。心想，我这样的还叫漂亮，臭不要脸的男人真能睁着眼说瞎话。

阿风是真不认为自己漂亮的，她的底子她知道，这么几年在娱乐场所混迹，多少漂亮得像明星一样的女人她是参照过的，哪里不如人家她心知肚明。

吃喝一番之后，众人去唱卡拉 OK，阿风表示不想去，蒋健说：“也行，早点回去睡吧，把那工作辞了，过两天去那哥们办公室做文员。”

阿风没理会蒋健的话，叫了一辆出租车回酒店员工宿舍了。

这一趟外出阿风当时并没有当回事，还觉得亏大了，坐出租车被黑花了一百块钱。以前阿风并不是没有这么外出过，吃个饭，遇到一些人，有人许诺要如何待她，有人许她好工作，但都不可指望。你当真你就蠢了。这其中一些微妙阿风也通透，男男女女就是那么回事，天上不会掉馅饼。

5

又到她轮休日，阿风睡到午饭时间，醒来也没有急着去吃饭，懒懒地在床上躺着，玩弄着床头摆放的东西。她的床靠窗，用布拉了一圈帘子，她挑了半边起来，厚厚的床帘内也明亮得很了。实在是无聊啊，她虽然不是在长身体的年龄了，虽然到了她这个年纪身体已经停止了生长，但因为睡得太饱了，一个成熟女人的身体还是有什么在悄悄地膨胀，让她觉得有什么蠢蠢欲动。给家里打个电话吗？给谁打呢？父母？算了，他们还不老，还有使不完的精力忙东忙西，打工，创业，建房，紧跟着时代的步伐大跨步往前走，生怕跟不上时代。妹妹和弟弟也都可以结婚生子了，也有忙不完的事情，她这个老大姐在他们的世界里若有似无，谁也不需要她的一个电话闲扯淡。算算，儿子到了上小学的年纪了，应该上小学了。前夫说得很明白，那个女人不坏，会把她的孩子当亲生的对待，只是她不希望这个孩子再跟阿风有什么牵连，她希望最好一刀两断，方便他们以后相处。她离开的时候，孩子还太小，给过去前也是由姥姥带着，她与孩子之间，牵挂是牵挂，确实也没有培养出更紧密的情感。阿风想到这，身上生出麦芒刺那样说疼不是疼说痒不是痒刺啦啦的感觉。或者这就是疼痛感，阿风除了忍着，也不能怎样了。当初大家都劝她把孩子给过去，也是为了她着想，想着她一个女人总是要再嫁的。她那时对这事确实没有主张，可眼下又能恨谁去？总被这些记忆弄得心情沉重，阿风也是束手无策，可生活实在太无聊了，一些好像遥远缥缈的问题总是乘风而来，一下子就到了眼前，真真切切。阿风起床，怀着沉痛又故作轻松的心情理清床上，她要自己像同室里的那些小女生一样把小公仔和穿起的纸鹤挂在床头。待这一切理顺后，阿风想想还是去了一座商务大楼里面试，如蒋健说，“好女孩哪有在这些地方打工的，去做个文员吧！”这一年是二千年，千禧之春，阿风去蒋健说的一个地方面试，希望真能天上掉馅饼，从此离开“那些场所”，去一个让人看得起的地方做个好女孩。阿风从来不向人吐露自己的年龄和个人情况，别人说她是女孩，她也认。

阿风去的地方跟蒋健一栋楼，楼很高，面试完，阿风从高层段电梯下来转个弯穿过一条又明亮又悠长的大堂通道到达一楼门面蒋健工作的银行。她在卫生间里补了妆，发了个短信，说面试过了，叫随时去上班。

蒋健忙回："好事。别走，我请你吃午饭。"

阿风跟蒋健去吃了个午饭，这栋楼的二楼，西餐咖啡厅，一人叫了一个套餐，焗海鲜饭、罗宋汤，色拉水果。蒋健多叫了一个餐包，他说西餐小气，吃不饱。阿风见识过高档西餐厅，这地方也就是个吃商务快餐的地方，但她心里领蒋健的情，无缘无故的人家可是帮了忙的，让她从娱乐场所一跃到了 office 工作，也就是当了白领。这对她来说简直是洗心革面的机会，可以从新做人的意思。

两个人上次见面后也有一个月没见了，又是白天，场合也不同，彼此都觉得不太像那个人。这感觉让两个人多少有点拘泥，反倒不像前两次见面那样自然，能动手动脚，开开无伤大雅的玩笑。两个人在吃饭时还好，各吃各的。吃完饭停下来，两人手上没事干就觉得尴尬了，相对一笑，无所适从。

阿风把自己面前的桌子收拾干净，把吃完没吃完的碟子收拾好叠起来，往一边摆放，服务员见状过来收走，但没有收蒋健的。蒋健说："这还不同级别对待了是吧，为什么不收我的？"阿风笑，她觉得在这个地方跟蒋健开不起来玩笑，没接他的话。

阿风知道蒋健是想找个话头或开个玩笑缓解一下气氛，她本来可以跟他解释一下服务员为什么不收他的盘子，比方叉和勺如何摆放在有食物的盘子上表示什么。现在的阿风是成长后的阿风，她知道她没有必要在这个时候卖弄。这时的阿风已经领悟，不恰当的卖弄，又何尝不是一种轻浮呢。

蒋健抬腕看表，阿风以为这是蒋健在意时间的举动，抬手示意服务员埋单。服务员过来后阿风抢着埋单，蒋健露着四环素牙笑，他还没见过女人抢着买单的，觉得这女人傻乎乎的有意思。蒋健由着阿风买过单后，一起往外走，但他并不是要去上班，却要陪阿风到附近找出租房。他知道阿风之前住的是酒店员工宿舍，到公司上班是没人管住宿的，要自己解决住宿的问题。

阿风也明白这些，见蒋健态度坚决，由着他开着单位的三菱吉普带她去找出租房。

阿风坐过名车，有次跟一个保龄球馆的女服务员出去消夜，回来时坐的是一个赛车手的纯金色的敞篷跑车，她觉得也就那样。或者因为音响开得太大，除了觉得像坐在音箱上一样，跟坐摩托车有什么两样呢，风把眼睛吹得都睁不开了，整个人像被风卷了起来，让人想挣扎着往下沉。当阿风坐在蒋健的大吉普车上，坐在副驾驶位上，当天窗上的风打乱她的头发，风虽不大反而让她有一种飞翔的感觉。很微妙的感觉，阿风微微地轻飘起来，风吹过她的头发那样，吹过她的身体，她觉得她快要被风吹成一片长了翅膀的薄纸了。

阿风并不是一个轻易就忘乎所以的人，她很快知道自己身在哪里。她暗暗调整一下坐姿，把注意力向蒋健车开的方向放去。

看好房后，阿风在心里默默记着这个地方：岗厦，东五坊，113 栋，501。

6

房子租了下来，空房，没有家具，全得新置。于是蒋健又拉她去看家具，最起码得买床吧。蒋健想帮阿风购置这些东西，说阿风刚上班得留点钱零花。阿风表示自己有钱，可以自己付房租，自己买家具。蒋健说，省着吧，你那点工资。阿风心里嘀咕"我要租床位，你非要我单独租，这会嫌我工资少了。"

刚住进来那些天，阿风下班后几乎天天都去买点东西。越买越想买，都是必需的，都是她之前见过没有用过的。从罐装煤气、炉灶，到洗衣机、冰箱。蒋健有空就陪着她逛街，凡是阿风表示喜欢的当时没买，说再想想的，后来蒋健都给买了。

蒋健给买了这么多东西，阿风过意不去，等把基本的日常所需梳理停当，自己煮饭后便请蒋健过来吃饭。

蒋健有一次说，吃太饱，不想下楼。阿风说，那你就坐会儿再走。蒋健真就在新买的沙发上坐着了。蒋健问阿风，说我不走了行不行？阿风说，不走你睡哪呀，你是大恩人，总不能叫你睡沙发吧！蒋健说，那我就睡床呗！阿风说，行，你睡床。阿风以为蒋健就是跟她贫嘴，她也嘻嘻哈哈地回。蒋健个高，皮肤有点偏黑，人看上去比实际年龄小，精神气质看着非常年轻。她猜想过蒋健是不是想泡她，但觉得不实际，蒋健这么年轻说不定还没有结婚，怎么会找她这样的女人，他完全可以去找更年轻貌美的小姑娘去。像蒋健这样的条件，在酒店里找个十八九岁刚从旅游学校出来实习的学生非常容易。那些女孩可都是珍贵物种，是酒店专门派人去一些学校招的，经理看得很严，不是贵重的客人，经理绝不轻易放手。酒店以培训、培养储备干部的名义在她们来实习前都是签过合约的，要满多长时间才能解除合约，这时她们才自由。自由了也意味着可以随时跟什么人跑了，被人包养了或是一步登天去做什么人的女朋友老婆去了。阿风觉得蒋健想泡她是还在酒店时候的猜想，这时阿风什么也没想。等阿风把饭后的一切家务收拾妥当，蒋健说，我想抱着你到床上睡会儿。阿风刷一下脸就红了，她已是二十七的年龄，她知道这话是什么意思。阿风就僵在了那里。蒋健把她拉到卧室，解她的衣服扣子，帮她脱掉，然后尝试解她的胸衣钩子。蒋健显然对解胸衣钩子这事不娴熟，半天弄不下来，干脆把阿风直接拉到床上，把胸衣往上掀。

阿风有些惊慌，却也知道他要干什么，小心翼翼地配合他。

阿风在娱乐场所上班时倒不是没交过男朋友，倒也真真假假地来往过两个男人。但在那个场合认识的男人又有几个是认真的呢？那是一个可以轻浮可以肆意妄为的地方，平时不敢动坏心思的人到了那个场所都放开了手脚。好像穿着礼服的人到了澡堂子，扭捏不想脱是不对的，脱光了才合时宜。她发觉这个就伤心，就没什么兴趣了。她是过来人了，知道男人是怎么回事。但她这次跟蒋健认真了，试探、尴尬，一段时间之后，蒋健理顺了她身体，她用力环着蒋健的身子，脖子后倾着配合着他。

从来没有过的体验，彼此熟悉之后，两个人都很尽兴。刚开始蒋健会在事前关机，后来就只静音，事后看看手机，觉得重要的就打过去。阿风听到的东西很多，借贷，利息，还款日款，固定资产，国土局，招商办，房地产，存款，降息，提成，回扣，坏账，次贷……工作内的，工作外的，很多。

相处的时间越长，阿风听到的内容越多。她觉得她都快成信贷专家了。但她无论听到什么都不问蒋健，蒋健讲话时她像个空气人，不讲电话时她才有血有肉，跟他上下换着位子。

有一次空当，蒋健是接听，阿风从电话里听到一个女声，问："你还是一个人吗？"蒋健没立即回，冲电话里说你等会儿，起身去了客厅讲电话。阿风听不见电话另一头的声音了，但听得见蒋健的说话。蒋健讲话温柔了，低着声说了很长一段时间。后又回到卧室，没有像之前一样又要折腾，他呼呼地睡着了。

蒋健从来不交待什么，她也不问。两个人真正相处后，少了许多调戏的语言，行动直接而默契，一个人伸手另一个人便知道要什么了，也就省去了许多说话的机会。或许人与人相处的模式都是第一次定下来的，两个人可以讲笑话，可以嬉皮笑脸，可以很配合做一些新的尝试，但谁也不试探谁的过去，好像一切从这里开始。但是，要真是“一切从这里开始”倒还好，两人后来还是不聊自己，还是聊着可有可无的话。关于帝豪夜总会的事也是提也没提。

阿风暗暗地想过跟蒋健聊聊的，又怕提及那些会破坏现在跟蒋健之间愉快的相处。有次阿风咬着蒋健的耳朵，想狠狠地咬下去，想问问他到底是怎么看她的，蒋健感觉到了，问：“你想咬我吗?”阿风便泄气了，一时沮丧了，说没有，然后从蒋健的身上滑下来，拉着蒋健上去。蒋健上去，阿风便像盖上了一床被子那样，心里淤结的一块情绪遇着温暖化开了。蒋健拂着她的头发，阿风露出明亮的额头，两只眼睛像夜空的星一样凝视着蒋健。蒋健的脸上也融化了什么，想开口说话，却被阿风突然动起来的下身给打断了。于是他们又一次陷入彼此的身体里，像避开了一场风暴那样，更温柔地款待着彼此。

时间过得很快，转即阿风在这边工作到了年底，前几年过年放假她都不回去，这年也是，主动提出留下来值班。阿风把孩子给那边后再也没回过家乡，回去干吗，这么大了难道还让父母为她操心让七大姑八大姨忙着为她再找下家？这些人太热心了，不是他们那么热心，她也不会早早就嫁了人，落得如今这么一个下场。这么多年回想那个乡村，那个乡村的风俗人情、点点滴滴，阿风太清楚她们还能为她再找个什么样的下家。乡村的那一套，无非是瘸子配瘸子，哑巴配哑巴，癞蛤蟆配个睁眼瞎。这些，她光想想就怕，还不如一个人在外打工，落一身清净。有次母亲跟她通电话问她不趁现在再找个人，到老了怎么办？她愣了一下，这事她没想过。

7

过了年又是春天。一次事后，蒋健说前女朋友想和好，但前提是必须马上谈婚论嫁。只要她从老家过来就要马上买房装修，结婚生子。女方跟蒋健是大学同学，年龄也一样大，上学时谈过恋爱也发生了关系，毕业后女的留了武汉，蒋健奔了深圳。女方父母想留女儿在身边成家，给她找了门当户对的高干子弟，但经了这么多年女方终是不能提及谈婚论嫁，觉得走不下去。蒋健说，女方大了，再不结婚生子就成老姑娘了。他们显然都过了三十岁。

一年的相处，蒋健也不是天天来，但正常时一周总是要来一次。头天晚上下班来，第二天一早上班走。看蒋健的工作情况，要是喝了酒不论什么时间都可能会来。若是蒋健周末无要事，也可能腻在阿风这里，看电视、看 DVD、吃饭、做爱。总之，看蒋健的状况，不管什么时候阿风从来没有拒绝过他。蒋健说过前女友想和好的话之后有半个月没来，阿风主动约他，想着两个人应该聊聊。阿风觉出了蒋健的两难，她劝蒋健慎重抉择，要是不娶前女友，还不知道将来能遇上什么人。前女友的条件那么好，关键是他还念着她，她也念着他，再找一个这样分别多年还互相挂念的怕是很难。阿风始终没提自己，她多少明白了自己在蒋健那里的身份。蒋健可能早就有了打算，阿风这么点破也是为他着想，给他一个借坡下驴的机会。蒋健果然识得时机，跟阿风说他考虑考虑。然后又说，您遇着合适的找一下吧！蒋健这么说阿风心里便确定了，把自己贴上去，连二赶三地跟蒋健说恭喜。可能这世上再没有什么地方比床上更合适解决男女之间的问题了，阿风一边说着恭喜，一边主动解开蒋健，然后绕过蒋健的脖子吸吮他的耳垂。心里有悲，阿风反倒没想要狠狠地咬下去，而是更温柔了，像孩子临睡前的不安吸吮母亲的奶头一样。蒋健知道阿风心里不适，但他更受用阿风这一刻因悲伤起来的缠绵。他先也是温柔的，后来狠了，从没有过的凶狠把阿风弄得大喊大叫。阿风这是疼了，但她喊叫过后咬着嘴唇不说疼。阿风流泪了，蒋健看着她的眼泪顺着眼角往下流，一种超越经验的心里催促，蒋健越来越用力气，直到最后实在动不了了，才瞅准阿风新涌起的一股眼泪趴下来。

蒋健趴下来后又重复一次之前的话说“你遇着合适的找一个吧”。

蒋健的女朋友来深之后，蒋健再没往阿风这里来，也没给阿风有过联络。过了五月潮湿的天气，他们那边开始买房，装修，结婚。工作之外密不透风的生活突然而至，让蒋健忙得喘不过气时他反倒又跟阿风联系了。人还是没来，只是发信息来，说“我们回去了一趟，见了双方的父母，这事算是定下来了”“在南山片区买了房，准备装修，晚上要去工地看看”“这周要去选定一批材料”“明天要去看橱柜”“下周房子就装好了，接下来得抽一周的时间回去办手续”“……”。也仅是发发这样的短信，似乎仅是为了说说这些，并没有其他的言外之意需要传递。阿风起初也回信息，后来不知道怎么回了。阿风不再回信，蒋健慢慢地也不发信息了，后来双方无声无息。

阿风住的这栋农民房旁边本来是个家族祠堂，非常破旧，逢年过节烟火也不多，平时一个半老的女人看守着。后来听说她的房东买了这块地，要建成出租房。本来这一年房租已经涨了，房东说因为旁边建房吵，给她们每户免一百块钱。

房子建得很快，不分昼夜地抢建，从挖地基搭外架到建成贴瓷块仅用了七个月的时间。阿风每天上下班抬头看，都发现不一样。新房还是以一室一厅为主，因为房东住在顶楼，这栋楼装了电梯。也因为要节省空间，新楼没有楼梯，把这边的墙每层打通共用这边的楼梯。城中村里像这样的违建房很多，谁都知道是违建，但只要房子建出来，还是会有源源不断的租客找上门来。

上面的房子还没出租，还在等墙泥子干，一楼的门面先租了出去。看装修一楼二楼打通做成了一体的空间，在一盏一人高的水晶吊灯旁边有一个豪华的扶手楼梯可以上去。

是足浴城。不是小打小闹的那种脚底按摩店，是有两层规模的高级足浴按摩城。开业时很隆重，请了两个醒狮队，还有村委的人讲话。花篮特别多，把她住的这一栋都摆了一圈。

楼上也很快出租完了，五层以上是住户，五层以下是足浴城的。只是三层四层是独立的，不从足浴城内部上去，从那里出来的客人要出门转个弯坐那边的电梯或走这边的楼梯。阿风很久之后才弄明白为什么她这栋楼一到五楼的楼梯重新装扮了，原来是这么回事。从一楼到五楼，一路上除了扶手换了很好的材料，还从墙底往上贴了两米高的镜子。镜子上面的壁灯也配得好，是微微的黄光，每一面镜子都能把人照得风情万种妩媚动人。

阿风有些不习惯，每天上下班有意无意地照，都觉得那个人不是自己了。已经是二十九的人了，镜子中的自己好像比二十三四岁时还好看些，皮肤也白嫩了，眼睛也大些了。可能因为是单眼皮的缘故，她要是微微笑眼睛会眯成一轮弯月，这就让她有了些女人的小俏皮和妩媚。她想起前夫说她一米六二看着像一米五八腰太长没屁股的话，走到楼梯拐弯处刻意地照照。她觉得那个人真是一派胡言，这镜子与镜子中的折射可是可以让人看到后面的！腰哪里长了？屁股哪里没有了？因为秋天穿着半长的裹裙，从腰到臀到大腿裹得好好的，外套脱下来，这一切看得清清楚楚。

每每这么从镜子里看到自己，就会让她想起蒋健来，她想，原来不同的男人看女人也会不一样，蒋健肯定不是那么认为她的。

日子熬到2003年春节，她还是没回去。这是他们分开后的第二个春节，蒋健给她发了问候短信，这让她很意外，要知道去年他是没有发的。阿风没敢回，她怕一回信就打破了心底的那条堤坝。

春天过完，又是三个月过去了。蒋健走后，都是阿风自己交房租。一次交三个月的，隔半年就涨一百。她每次要交房租时都要犹豫要不要去租床位，一室一厅的房租长期下去她要租不起的。这片地区将来会成为这个城市的新中心区，几乎不用怀疑它以后还会涨，会不停不停地涨。她不能确定她跟蒋健之间是不是就这么结束了，她的心没有着落，仿佛还有所期待，仿佛一切成空。这段时间，阿风心底倒也没有大的烦恼，她只纠结要不要搬离这里。她明确知道，一旦搬离，有些事情就真的可能成空，甚至没有任何东西可以证明它们曾经发生。若留在这里，她上下楼或回到房间，她跟蒋健的生活就会一次次跳跃在眼前，她每一次从镜中看见自己，也同时能看到蒋健从这里的楼梯上走过，以及蒋健的眼睛和他高高的身影。

8

岗厦原来是个村子，全村都姓文，说是文天祥的后代，村子的始祖文萃正说是文天祥堂兄文天瑞的第五代子孙。经过几百年的繁衍到现在，文氏家族后裔达到九百余人。自建房 屋五百多栋，暂住人口达7.8万人。当然是受了时代的恩惠，原村民靠着出租房过上了什么事也不用做依然富贵的生活。对面，隔着彩田路同是属于岗厦村的河园片区听说已在城中村改造计划之内，这边也由村委沿着深南大道划了一片地方建商业大厦和商业街。她住的这条街已明确不会拆，住下去倒不成问题。但那边的河园片区一旦拆迁，这边的房租肯定会翻一番。城中村越缩越小，买不起房子的打工人若还想住在城里将要付出更大的代价。就是眼前，别说一室一厅了，单单床位都要四五百，她这套房这时已涨到一千二百块钱。而她的工资却没怎么涨，办公室二十几个人合计着老板不涨工资就集体罢工，可是一次一次计谋总是不成功，总有人临时改变主意继续上班。一次一次，因此走了好几个人。阿风也想过走，想想自己没有学历也不会英语，就连这个公司的很多工作她都做不了，去了其他公司完全陌生的环境，谁又愿意再给她机会？

初夏时节，阿风反复想要不要住远一些，听说地铁要开通了，住远一些也方便，房租肯定会便宜很多。

她闲时坐大巴去看了地铁沿线的几个地方，有的房租能便宜将半，就是上下班路上得花上些时间。

每次想搬走阿风都会收拾一下屋子，清掉一些不要的东西方便搬家。但关于蒋健的东西她总是清理出来了又放回去，放回原来的地方，跟以前一模一样。

一次把蒋健的东西放回原处之后，夜已经很深了，她有些蠢蠢欲动，想下楼逛逛或者吃点宵夜。下楼前，她刻意换了件薄纱裙，里面也没加打底，隐隐约约的能看见一个女人的肉体。夜晚的城中村像一座灵异的城，什么妖魔鬼怪都出来了，不管是理发店洗脚店水果店还是小超市都在放轻浮的情歌，男人光着膀子，女人穿着比阿风更暴露的衣服在狭窄的巷子里游荡。她找了一个烧烤店坐下，菜还没有上来，有人过来搭台。男人跟她搭讪，她一下子想起了以前在娱乐场所那样的场景。她回应着，男人的手就尝试着往她的胳膊上蹭。阿风心里不是味儿，笑得怪怪的，人依旧跟他们一起吃吃喝喝。后来烧烤吃混了，人就越发熟络起来。

可她不能接受眼前的男人把手再往上去放到肩上，她用另一只手把男人的手轻而坚决地推掉。男人警惕了，手退了下去，退到胳膊上阿风又不反抗了。男人说："住哪？要不等会儿去你那里？"

岗厦是出了名的红灯区，阿风刚住进来时就听说了。

阿风笑笑，跟男人碰着酒杯。男人似乎什么都懂了，不吭声了。等到一桌子都吃完，男人跟其他几个伙伴分手一路跟着阿风。

明明暗暗拐了几个弯，阿风到了足浴城门口停下来等男人。很突然的想法，她想在足浴城门前等等那个男人，看他是如何看她的。男人看见她停下了，有些犹豫地走上来说，“喔，你是这里的呀。”阿风点头，男人看见她点头，用力照她吐一口唾沫转身走了。

她站在足浴城玻璃墙前看着玻璃里的一切，她看见自己和里面坐成一排的技师重叠在一起。相比，那些技师还更年轻，更漂亮，更开放，更欢乐。而她不年轻了，是一个要三十岁的女人，这个女人带着报复的心理走到这里，看上去她一点儿也不快乐。

9

蒋健调到另一个支行做副行长。打电话跟阿风辞别，阿风没接，后来又发来信息说：“太忙了，以后怕是难见上面，你要照顾好自己。”

他们一直在一栋楼上班，两年多不见也是在一栋里过来的。蒋健从一楼直下车库，阿风上下使用的高层段电梯在蒋健单位相对的这一边，虽在一栋楼，两个人还是碰不上面。阿风每次看着长长的大堂通道心里都很难过，那一路的通明和遥远总让她觉得她跟蒋健之间怕是再难相遇，怕是要老死不相往来了。

这算是告别了吗？两年之后的分别？她不确定。她没回蒋健。不知道怎么回。她很伤心。

到晚上了，阿风加完班从深南大道南侧连接岗厦的地下甬道上来，在一个烤羊串的摊档前不自觉地停下。摊主肯定不是新疆人，却装着新疆人的口音问她："小姐，要羊肉串吗？"阿风说："不要。"摊主又问她："那你是等人了？"阿风回说："我也不等人。"摊主加重了新疆人说普通话的口音说："那么小姐为什么站在我的摊档前不走了呢？"阿风没回他，却顺着摊主的问话想：是啊，我为什么站在这里不走了呢？阿风深吸了一口气，然后又慢慢地吐出一口，她自我解脱地想，"我不要羊肉串，我也不等人，我不过就是想在这里站一会儿。"不是新疆人的烤羊串的摊主学着新疆人生硬的发音转向问后来从甬道上来的人："小姐，要羊肉串吗？"

待阿风站够了移动脚步晃悠悠回到东五坊，蒋健又发来一条信息，说："我一直看着你的，你从未回头看过我。"阿风看到短信，一下子哭了，不管不顾一直持着的那一点自尊心回了蒋健："我想看见你！"

蒋健很快回了，说："好，我等会去看你！"

他们都用的感叹号，之前从来没有过的。

两年多没见，两个人还是以前那么相处，都心知肚明什么又装作一切都没有发生。那样的场景，几乎是不说什么的。能说什么呢，语言是那样的无用，远不及肉体一个细微的战栗能说明一切。蒋健这次之后又回阿风这里了，匆匆地来匆匆地去，但不管时间多晚，他都是要回去的。

真的不能言明什么，只能当什么都没有发生。来了欢天喜地，不来阿风就默默地等待。

蒋健隔一两个月不来，阿风就觉得是又要分了。她有一次嘴里像含着蜜饯一样说："你什么也别说，你什么也别说。你不用为我着想，你要是忙，忙你的就好，你要是想起我什么，什么时候来我都欢迎。"然后她专注地亲吻蒋健。蒋健手上回应着她，嘴里没有言语。

与第一次不同，那时她需要一个告别仪式，这次又再相聚，因为双方的身份变了，两人个的角色都不一样了，他们所面临的也已经是生活的另一种局面。这次若要分，应该是那种什么也不必言明的分手。阿风想，也好，风一下子停了那样也好的。她现在还蛮怕蒋健很正式地说"咱们分手吧"这样的话，她宁愿让自己装作无知糊里糊涂地等待下去，好把无趣的生活过下去。

蒋健又来了。

蒋健又走了。

这样的事没一个干脆，像每天过的日子一样，反反复复，每一次都像是忘记了前世，每一次都像是最后的告别，但都不是。

一切没有说明，一切就还有可能。

阿风便在重复的经验中等待着，希望能从琐碎的日常生活中看出明亮的启示。这期间她换了一份工作，到了一个家族企业做办公室行政主管。家族企业有几个子公司，她在的是总部，平时并没有实质的业务，不过是围绕着老板老板娘，老板的儿子孙子的私事忙碌，企业与政府部门之间一些手续往来，固定资产维护，车队管理和遣派等等。总之，全是琐碎。

她上面还有一个办公室主任，一个副主任，与她平行的有两个主管，偶有子公司要总部协助的拓展业务也是他们在做，与她没有任何关系。她这个行政主管更像个后勤部，打理着后院供应着前方。这份工作倒让她更有安全感，因为别人不屑做的，嫌没前途的工作才不会与她争。而且到了这里，工资也好些了，她一直不想离开东五坊这个“家”，现在交房租倒自如些了。这里是她从十几岁出来打工以来住得最长久的一个地方，也是最像“家”的地方，家具用品什么也不缺。

一年一年，她在岭南这个地方早已学会了分辨春夏秋冬，也知道了冬天最冷有多冷，冷的时间最长有多长。她能挺过去，她想。

她想过许许多多的借口给蒋健发信息，她也不想做什么，也并非完全希望他来看她，她知道来了也不过是那些事，她不过就是想发个信息。

终是没发。

阿风想，不管做什么样的女人，还是要给自己留些底线的。若是相处着，谁将着谁，谁让着谁都没有关系。一旦分开了，就不一样了，你看不到那个人的脸，闻不到他的气息，你不知道他是什么的状态，你不知道他是怎么想的。

已是2008年了，除了过年收到蒋健的拜年信息，又是一年多的时间他们再没有任何联系。

10

又一年，彩田路的那边河园片区已在拆迁，大批量的房客拥来这边租房。租金暴涨是早前预想到的。她想等三个月租金到了就着手搬家。

九年，十个年头，她从二十七岁到了三十六岁，这个年纪让她随着日子眼看着的一天一天变老。月底过了生日她就三十六岁了。

阿风给蒋健发了一条信息，没说第二天过生日，只说要搬家，想再见见他。

信息发出去一天一夜，生日过去了，蒋健还是没来。有些事情不期待没关系，一旦有所期待，就会凭空长出一把刺刀来，任你怎么小心翼翼还是会被伤着。消息发出过后阿风几乎是数着秒针过的，她还蛮怕这一天等不来蒋健的信息。她不知道那结果会让她多么难过。过了十二点，眼看着生日这天过去了，阿风还是不愿意关灯睡去。最后熬睡着了见自己在梦里哭，阿风才醒来起来关灯。关了灯又躺下，想就这么稀里糊涂地过去多好。可是她一时再无睡意，辗转反侧也是无用，她干脆起床去客厅找水喝。她下床走到门口伸手去开灯她的手又缩回来了，窗外的光透过窗帘照进来，不黑，能模糊看清物体。这是她的“家”，多少年了，她熟悉这里。

阿风开门去了客厅倒水喝水，摸黑去了卫生间小厕。卫生间是百叶窗，她拨动调节杆，让光进来一些，这让她的卫生间里的墙上出现了像海军服一样的横纹。她就着这些横纹的光用清水洗了脸，往脸上拍些保湿水。

一时并无睡意，她走到客厅，面对墙上的液晶电视坐下来。这个电视是后来蒋健给她换的，刚搬进来那会儿还是后座很大的那种。阿风盯着液晶电视看，电视屏里映着阳台上晾晒的内衣和连衣裙，她一时想不起昨天穿的是哪条裙子，看不出颜色，她也不想回头看，连衣裙一动不动。

隔壁足浴城一次遭突击检查，一二楼足浴城内倒是没查出什么。可是三楼以上的警报响了，是火警信号。阿风听到了开门看情况，男的女的匆忙抱着衣服往这边跑。那边本来可以使用电梯，他们平时不怎么走楼梯，所以多少年了，那边也没怎么骚扰到这边。警报一响，没有人坐电梯，男的女的，客人技师都往这边来。大多往楼下跑，也有乱了方寸的往楼上跑。这里的农民房又叫“握手楼”“亲嘴楼”，就是楼与楼之前挨得很近，两栋楼里的人伸手就能握着手了。不知道往楼上跑的是不是想从天台上逃走。

有一个女的出来得稍晚，显然乱了方寸，往楼下跑一层又跑上来，一头撞在阿风的身上。这让她好像突然生出了机灵，一下子冲到阿风的屋里。

阿风叫她出去，她便求阿风，说躲过了就出去，不然被抓到就麻烦了。阿风硬起心肠，觉得麻不麻烦都是女人个人的事跟她没有任何关系，板着脸让她走。女人神经兮兮地想抓住阿风的手，阿风自是不想让她抓，女人便自己两只手握在一起，唠叨着说要是被抓了孩子就没人赚钱养了，她老公只知道赌，什么也不干。

阿风听到这里有些为难，她怕是这女人扯谎话骗她，又怕她说的都是真实。但女人已跪地上了，求她把门关上。

阿风知道不是火警，是那边使的幌子，放心地关上了门，又把自己卧室的门也关上了。然后把客厅的大灯打开，拉出餐桌前的木椅子坐下来。女人溜着墙根蹲着，弓着腰，自我怜惜地哭作一团。

阿风看她年纪不大，只是妆化得太浓，睫毛拉得太卷太长，看不清长相。她有些心软了，从桌子下拉出一个矮塑料凳给她，叫她坐着。女人坐着。阿风问："你什么时候走？"

女人还颤抖着，说："等下面的车走了，我再走好吗？"

"下面的车要是一直在呢？"阿风问。

"不会的，等一会儿，老板出面了就会走的。"阿风暂且信了她，拿出餐桌上的东西玩弄着。

两个人干坐着等。

阿风看了看墙上的钟，说快一点了我困了，明天还得上班。但这时楼下的警车还没有走，从卫生间的窗户探头出去看，能看到警灯还在闪着。车还没有走，偶有一两声女人的尖叫声。

阿风问尖叫声是怎么回事，女人说：“在抓人，这次肯定是真抓了，他们会堵着几栋楼挨着抓，谁也别想逃掉。”阿风想，她倒明白得很，不像是第一次经历了，便硬起心肠来问她：“那你怎么办？”

女人回：“你好人做到底，让我在你这待一夜行吗？我天亮就走。”

“那怎么行，我明天还要上班，你在这我没法休息。”

“大姐。不对。小姐，你好人做到底，帮帮我吧。我真有一个孩子的，你看。”说着女人把智能手机拿给阿风看她孩子的照片。在树下拍的，同一组照片里还有老人抱着孩子的合影。

阿风看过照片迅速想到这个孩子跟她的孩子一点也不像。

阿风得了这个结论心里很惊讶，并没有想到自己为什么要下这个结论，她跟眼前的女人谁都不需要这个结论。阿风要转开自己的这个想法，转向女人问：“你多大？”

“二十一岁。”阿风心里咯噔一响，想，才二十一岁啊！转即一想，这个年纪是还任人摆布的，什么事自己拿不定主意的。

阿风为她倒了水，进卧室拿了一套不是很旧还说得过去的正派衣服和一条新毛巾给她，叫她去洗个澡。并叮嘱她，里面的东西除了洗浴用品不能碰。

年轻的女人去洗澡了，还洗了头，把之前蓬松的头发放了下来，坐在客厅原来的位置上擦头发。她没有去坐沙发。这让阿风对她多少生出了一点好感，好像她也懂得一些礼节，觉得还是一个有分寸的人。

阿风给年轻女人拿毛巾的时候本来想拿一条旧的，一想到那是蒋健的毛巾，又舍不得了。她一直保存着。她宁愿给她一条新的使用。待阿风过来客厅又看年轻女人，好像看到的是另一个人，她长发披肩，贴的双眼皮撕掉了，内双的眼睛有些肿，可能洗澡时哭了。

阿风说，我送你下楼吧。年轻女人不再说什么了，听着阿风的安排。

两个人一下楼就被拦着了，要查身份证。阿风说，这是我同事。公安说，同事也得查，你也得查。阿风说，那我得上楼拿。公安跟着阿风上了五楼，站门口看着她拿出身份证出来。年轻女人跟着阿风，躲进门里哽咽着问阿风，“我怎么办，我怎么办?”阿风贴着她的耳朵说：“这个时候只能硬撑着，你这样会被她们看出来的。”

阿风出示身份证，故意责备公安说：“你看你们都吓着小孩子了。”

公安倒也讲礼貌，说：“对不起，我们也是例行公事。”

阿风再次陪着年轻女人下楼，走了两个巷子，出了城中村到了彩田路上帮她拦住一辆出租车。她要帮女人付钱，女人说有。她没问女人去哪里。

11

阿风到底还是下不了决心搬走。

蒋健终于跟她联系了，让她帮忙找一个文件袋，里面涉及他任主任时的一些经手业务的票据，因为原单位有两笔坏账现在翻出来调查了，若不能证明与他无关，他将受连带责任，严重的可能影响他现在的岗位。他现在已经是支行行长了。

阿风很快翻出蒋健说的那个牛皮纸文件袋，封口用白棉线缠在一个扣子上。阿风也没有打开看，去阳台上拍打干净了等着蒋健来取。

蒋健进门，阿风没敢往他的脸上看，等他换上拖鞋，阿风轻轻地把门关上。她有些难掩的激动，不是兴奋的激动，是复杂的说不清的情绪。她一时手足无措。最近一次见蒋健是2007年底，那时蒋健已经胖起来了，肚腩明显鼓了起来的那种。脸上也胖，泛着虚弱的潮红。再看眼前的蒋健又瘦了，虽然没有瘦回他未结婚前的样子，但肚腩不见了，脸上的潮红退却，明显的腮肉也下去了，多了两条眼袋。

蒋健坐在沙发上打开文件袋，她拉了餐桌旁边的木椅子坐着。他坐下，阿风才看到他头顶的头发稀疏，掺杂着隐隐约约的几根白头发。

蒋健只是把文件抽出来大致看了看，转身跟阿风说："是这些。幸亏当时丢你这了，不然早弄没了。"他说着站起来。

待走出沙发他迟疑了一下，说我喝口水再走。阿风随着蒋健站起已站了起来，听到蒋健这么说忙给蒋健倒水。她是真忘了倒水这事了。

蒋健走过来拉出另一个木椅，两个人在桌子一个九十度角的两边坐下来。因为空间小，餐桌另两个边一直是靠着墙的。他们像以前吃晚饭一样的位置坐着。蒋健腿长，转个身把腿伸出来。阿风看见了，想说，你就坐沙发上吧，嘴动了动没说，只是捧着水杯偶尔喝上一口。她用的还是以前的杯子，当时买了两个一样花纹的，一个瘦一个胖。自然，瘦的那个是阿风的，胖的那个是蒋健的。但这次阿风没给蒋健用那个胖的，用的是一个有手柄的玻璃杯。而那个胖一点的杯子就在托盘里，一眼就能看见。阿风担心蒋健会看见那只杯子，不想蒋健眼光都没往托盘里看，看上去也没有留意她用的这只杯子。阿风不知道男人和女人两种性别之间性情到底会有多大差别，她觉得她很简单的一些心理活动，蒋健怎么就是感觉不到呢。

蒋健往后靠着墙坐，伸了个懒腰，说："唉，累坏了。"蒋健可能没料到的他这一声喊叫声音有些大，好像分别这么久后的拘谨一下子消失了，他放开了。阿风从蒋健的这一声喊叫中感受到了他无意间放松下来的状态，也因为他这一句话觉得终于有了话题，说：“你坐沙发吧，沙发软些。”

只有一个长沙发，还是原来的那个，蒋健站起来看看那边，犹豫着要不要依阿风的再次坐过去。阿风似乎明白了什么，说：“你要是不急着走，就坐会儿吧。”蒋健有了台阶，走过去坐回原来的位置。阿风搬来矮塑料凳过来坐在壁柜的一边。

阿风接到蒋健发来“若方便，等会儿过去取”的短信后，忙去洗了脸贴了面膜涂了保湿水和底霜，又淡淡地勾了眼线，看上去人很精神，脸上水水的，黑与白的对比即柔和也分明。她基本上没怎么变，差不多还是原来的样子，仔细看只是眼角出现了鱼尾纹。蒋健盯着她的脸看的时候她就想到了它们。但她并不后悔没有遮掩好，她想，她就是这个年纪了，谁也不知道的她为了维护这个样子日常生活中花了多少心思。

阿风问：“喝茶吗？”

“喔，不喝了。我坐会儿就走。”蒋健说这话的语气也是从来没有过的。阿风能感觉到他这话是要表明立场的，但是为了说明什么立场阿风并不能肯定。分开得久了，两个人之间那种不言而喻的东西也跟着消失了。

阿风说：“喔。”

沉默坐了一会儿，蒋健坐过去伸手摸阿风的头，眼睛也看着她的头上，并不言语。

阿风忍着什么没动，两手抱着水杯坐着。因为她没有明显感到蒋健把她往怀里引的意思，所以她不能动。

这时阳台上传来隔壁家的男人唱歌的声音。

他们终于有可以说说话的话题了，蒋健说："听这声音，还是那一家人吧。"

阿风说："是，还是那一家，上月又添了个儿子，一家人很高兴。就前天周日，有人来他们家看孩子吧，男的喝高了，很大声地喊叫'我是香港人的爹啦，我是香港人的爹啦'。看来老二是在香港生的。"

"这些人生命就是旺盛，这么能折腾。饭都吃不饱还跑到香港去生二胎。"蒋健像一个过了气的红星那样，言语里不自觉地带着幽怨。他点上烟，先是咽下一口，又故作悠然地吐出来才说。

但不管蒋健现在怎样，点上烟他们之间的气氛就显得轻松了，蒋健也伸出腿到面前的茶几桌底下。

"你们呢？"阿风不经意地问。

"啊？我们？"蒋健马上明白了，说，"我们不要，一个养起来都难。两个罚款不说，真养不起。"

阿风没接话，她知道以蒋健的收入养一个家不可能"养起来都难"。或者是话赶话吧。但她确实也感觉到了蒋健有些精神萎靡身心疲惫，仿佛自顾不暇。因为阿风管着老板老板娘琐碎的家事，与他们交接的人多有接触，像老板说的，曾经是他像孙子一样的求着银行借贷，现在世道颠倒了，轮到他做大爷了，银行在维护客户方面所作所为更像孙子。阿风想到这抬眼看看蒋健，觉得蒋健不如前些年健壮了，不知道他因着什么，是家事还是工作，看上去阴郁不欢。

两个人不能往前也不能退后这么干处着真是尴尬，好在阿风的手机响了，她起身去卧室接电话。蒋健坐在沙发上没动。

阿风的卧室门没关。很平常的一个电话，几句就说完了，但阿风希望这电话更长久一些，对方挂了，她还在听着，不时说："好，好的，我知道了……"

蒋健可能坐着无趣了，终于站起来走动走动。阿风看见他看她的鞋架，她想，可能他已经看过卫生间和阳台上晾晒的衣服了吧。

阿风挂了电话，坐在床沿上，她一时陷入不知所措的忧郁中。蒋健听屋里没什么动静了，走到了卧室来，上来抱着阿风的头。就那么抱着，等阿风的反应。阿风是很想伸手抱着他的腰的，像以前每次见着了一样，强烈地紧紧地抱着。可她这次手却没动，没有抱上去。她慢慢地站了起来，把头尝试着贴在蒋健的胸前。蒋健也是尝试地低头吻了吻她的头发。待还要往耳朵上吻，蒋健突然刹住了，把阿风往外推。一边推还一边说："我们这样下去没个尽头。我要走了，你好好照顾自己。"他虽有推开阿风的意思，并没有用力，轻轻一推还没把人推开力量就消失了。阿风没料到他说这话，一时泄气手上也就无力了，但她还是希望能像以前那样抱一会儿蒋健的身体。蒋健虽嘴上那么说着，推又不推开，阿风感觉到这样，心里一较劲举起手尝试着往蒋健的腰上走。蒋健并没有抗拒，待阿风的手一找到位置，便忘了初衷，不管不顾地疯狂起来。

难说蒋健是被阿风带动的，他后来比阿风还疯狂。可是等要上床的一刻，蒋健又不想了，还是把阿风往外推。阿风不让她推，用一股疯了的劲把嘴唇贴了上去。

两张唇吻起来，若还是有情的，就再也管不住什么了，很快两个人赤裸地躺在床上。阿风要比蒋健激进一些，把蒋健往里送。可又是在关键时候蒋健停下来了。阿风不明所以，这是以前没有发生过的，都到这个点上了，蒋健还能停得下来。她在蒋健停下的这一瞬间流了眼泪。即使这样，她仍不想放开蒋健，她倔强地一手紧紧地拉着蒋健，一手解决身体。

阿风停下来，蒋健拉着衣服盖好她后俯下身来抱着她说："对不起，对不起。"

阿风难过一会儿，主动离开了蒋健的怀抱，她没有穿衣，光着身子走向了卫生间。到卫生间的时候，她没有伸手开灯，她感觉脸上有眼泪滑落。

12

她住 501，502 住着一个家庭。起初是一对情侣，从楼顶上加建的单间里搬到一室一厅来。后来他们结了婚，有了第一个孩子。女的从此不上班了，天天在家带孩子煮饭。女的一直留长发，青春正当的时候腰身很好看，喜欢穿牛仔短裤和背心。后来怀孩子时胖了，生了孩子之后也一直没再瘦回去。他们的第一个孩子是女孩，长得也好看，很小的时候见着阿风会主动叫她阿姨，大了上学了见着反而不叫了。一次妈妈不在家她坐在楼梯上等妈妈才跟阿风说了话，说："阿姨好，你今天看见我妈妈了吗?"阿风开门看着坐在楼梯上的小女孩的瞬间，心里埋藏许久的一样东西被撕开了，她不出去了，把包放回门后，拉着小女孩把她邀请到屋里的沙发上等。她几乎把家里能吃的东西都拿出来摆在茶几上。这次之后，小女孩跟阿风熟了，好长的一段时间里周六日只要阿风在家小女孩都要往阿风的屋里来。而阿风也像小女孩的妈妈一样给小女孩梳头，端好吃的，耐心而好奇地教她画画。突然有一个周末小女孩不来了，阿风从外面买东西回来在楼梯口见着要出去帮妈妈买青菜的小女孩，阿风正要叫她，小女孩却折回头飞快地往楼上跑。阿风很纳闷，追上去两步。小女孩见阿风追上来慌忙喊叫："你是坏人。你是坏人。"

阿风停下来，看楼梯道里的镜子中的自己，心里问：

“你怎么是坏人了?”

小女孩站在二楼的拐弯处看着没有追上来的阿风，看阿风顾着照镜子，想侧着身子从她身边下来。

小女孩往下走，阿风突然转身问：“我怎么是坏人了?我不是坏人，我们不是好朋友吗?”

小女孩又转身往上，说：“你是坏人，你是坏人。你是小三。”

阿风听明白了，小女孩不知道被怎么灌输的说她是小三。阿风想想自己的过往沮丧地靠在镜子上看着小女孩，一时无语。

小女孩一手摩擦着楼梯扶手一手紧紧地握着一卷钱，脚下也蹭着楼梯，像是急着要下楼。小女孩虽然浑身透着一股力量，但她开口说话却是虚弱的腔调，僵一会儿后她说：“阿姨，你能让我下楼去买菜吗?”

阿风说：“好，好，你下楼。”阿风为了表明什么，把双手背在后面，扁着身子给小女孩让路。其实楼梯拐角处的空间足够大的，阿风不用扁着身子小女孩也能顺利过去。

小女孩飞快地从阿风身边经过，几乎是一跃而下到了一楼，然后用力拍一下门禁夺门而出。

阿风在小女孩走后，在原地站了好一会才上楼。她在开自己的门之前，看了看小女孩家的大门。大门半开着，能看到客厅的电视机周边堆满了杂物。转个方向再看还能看到电视对面一张高低床，不管是上面还是下面，同样堆满了衣物。那样的满满当当，很难想象床是用来睡人的，好像摆在那里就是为了专门来堆放杂物的。但是阿风知道小女孩睡在上铺，姥姥睡在下铺。阿风在开自己的房门时听到小女孩的家里有人在大声地对话，她知道那是小女孩的妈妈和姥姥在争执人生的道理。她不知女孩的妈妈几时又怀上了老二，阿风留意到女孩的妈妈时，妈妈就快要生了，然后女孩的姥姥才出现，过来帮手。

他们就是在香港生二胎的那户人家。

阿风回到屋里，从一个淘汰的拉杆箱里翻出一个纸盒子，里面有一个像笔记本一样大小的影集和一个影集二分之一大小的相框。她不想碰那个影集，她知道那里放着那些照片。她只拿起相框看，上面的照片是她那一年出来前抱孩子在照相馆照的照片。孩子两岁多，她抱着孩子，孩子手里抱着一只木头做的母鸭子。乡里集市上的照相馆，那个照相馆里那时还没有毛绒公仔那样的玩具。

即使她不能想起孩子，她每年还是在心里计算着他的年龄、身高、长相甚至随着潮流可能掌握的兴趣爱好。她看到街上的孩子，能从一群孩子中寻找到那个孩子的。对，也是那样的动作，那样走路，那样跟同学嬉闹要腿脚。他快要成人了，除了肤色像她，他的相貌肯定越来越像他的父亲，身材魁梧，头发浓密，眉毛又黑又粗。不像郭富城，有点像唱“花谢花会开”的那个歌星。

503 挨着那边一栋，换了很多次人，好像经常在换。住得最久的一个房客是一个年轻的男人，喜欢摄影，经常可以看见他扛着摄像机和三角架出入。不知道他在什么单位上班，有大约半年的时间，她见男人把摄像机扎在村口牌坊那里录制东西。有一次她有意地走到后面看他镜头里的东西，他在拍人流，上下班高峰期，打工出入的人流。她想她也可能闯入过那样熙熙攘攘的镜头的。

男人走后来了一对姐妹，是一对亲姐妹，年纪相差无几，经常能听到她们吵架。但吵过马上又好了，常常是出门还在吵，回来就高高兴兴了。有时很亲密，楼梯很窄还是要挎着胳膊走。姐姐显然是让着妹妹的，就听她说，我告诉你哈，我烦死你了，你别理我。妹妹哪里不理呢，姐姐刚下一个台阶，她呼地跑过去扑她背上了，于是两个人一阵喧闹跑到楼下。打闹的声音，尖叫的声音下去两层楼了还能听到。

姐妹搬走后来了一个男的，很瘦弱，但很精明。他把一室一厅里安了几个上下铺床，出租起床位。他的工作好像蛮轻松，阿风上班时没见过他出门，阿风下班回来总见他从屋里出来收外卖。后来房东得知了他出租床位就把他赶走了，说他那样自己不用分担房费，一个月还能赚千把块钱的。

再后来，来了一个留胡须的男人，跟人说话慢而温雅，喜欢穿中式服装，是一家培训机构的书法老师。听房东讲他老伴去世了刚从内地来投靠儿子，又跟儿子不合，自己出来租房住。他刚退休，自己有不错的退休金，不在乎房租多少。再后来留胡须的男人带回来一个中年女人，中年女人在什么公司作保洁员。他们在公园跳舞时认识，女的是四川人，说话很快，经常能听到他们一个快一个慢的对话。女人的女儿是成人了，有一次吵闹着把母亲带走了。从此，留胡须的男人又是一个人过日子，好像也不伤心，跟人说话时还是慢而温雅的样子。

城中村的每栋房子墙上都拉着许许多多的网线，有人专门做网络的生意，一条线一个月五十块钱。六楼的601换了租客，住进来一个三十多岁的男人，看着年龄小，阿风其实也拿不准他是不是三十多岁。从北京来，好像并没有打算在深圳长住，所以住在城中村里。男人的网线要跟阿风的网线走相同的线路，需要在她的墙外固定一下，所以男人下来敲她的门，请她行个方便从她的卧室窗户外固定线路。

周日，阿风在做面膜，敷着面膜给男人开了门，任男人走进她的卧室，身子从窗户探出去把一条网线固定在本来就有的一个旧线槽里。

很简单的事情，男人一下子就弄好了，过来客厅感谢阿风行了方便。阿风刚好撕下面膜，很自然地用手指拍面膜留在脸上的液体让其吸收。像接待了一个多年的老友或邻居那样，准备送男人到门口跟他说再见。或者也不用说再见，送到门口就自然结束了。

男人说完感谢并不转身走，停下来看着阿风，眼睛眨了眨，好像之前见过阿风惊讶她突然长得不认识了。阿风本来坐着，跟男人说话时站了起来，男人站着不动，她也不好做出送人的样子，两个人一时面对面僵在那里。

阿风停止了轻轻拍脸的动作，吸足水分的脸上粉粉嫩嫩的，泛着红晕。

男人反应过来，问："怎么称呼你？"

"喔，大家都叫我阿风，叫我阿风就好。"阿风突然又把留在手上的面膜液体往手背上拍，手上有动作了人就没那么尴尬了，她冲男人笑笑。

男人环顾了一下阿风的客厅，赞叹到："你这真好，什么都有。"

阿风笑，说："在这里住了很多年，不停把东西往回搬，地方都不够用了。"

男人说："我叫李锋。金字旁的锋，叫我大锋李锋都行。"

阿风说："李锋。两个字的名字叫全名也好叫。"

李锋也笑，说："是的，是的，这名字好叫。"

阿风觉得两个人这样对话怪别扭的，又不是很熟。于是她转了个话题，装得轻松地问："你刚搬进来的？"

李锋说："是，昨天刚搬进来，可能要住大半年。也说不定，看工作完成的情况，也可能要住一年。"李锋停顿一下又说："喔，我在北京工作，来深圳合作一个项目，做完还得回去北京上班。那什么，你以后去北京玩可以找我……"李锋接下来不知道怎么说了，好像意识到这么说下去把两个人的关系进展得太快了，还不知道别人会怎么想。

李锋不好意思了阿风倒大方了，说："好啊，我以后去北京了找你。我还没去过北京呢！"

"啊，你没去过北京啊！北京首都啊，政治中心，文化中心……你旅游什么的总去过吧！"不知怎么的，李锋好像没想过要顾忌什么，不管不顾地把真实的想法说了出来。

"一直在深圳工作，还真没去过北京。"阿风倒没介意李锋说话毫无顾忌。

"那就去一回，北京挺好的。喔，我山东人，做 IT 的，我们公司帮这边的一个公司搭建一个内部数据管理系统，什么都要新建，所以项目需要的时间长。公司是我兄弟开的，给他省钱叫中介找了这周边最便宜的房子。"

阿风笑，想这人怎么什么都说。也不知道怎么接他的话，便岔开话题问他："你公司在这附近的吧？"

"过了深南大道就是，前面一排高楼，从东数第二栋。"李锋把什么都要说得很真切一样。

"喔，我也在那边上过班。"阿风手上脸上的面膜液体全吸收干了，打着手势说，"我得去涂个脸……"

"喔，好，你去忙。我走了……"

阿风送李锋到门口。出了门口就是楼梯，李锋人高腿长，从门口两步就跨上了楼梯。腿跨上楼梯了还不忘回头看阿风。

李锋周一下班又来了，敲阿风的门。阿风倒不反感李锋，觉得像公司里新来的同事，看上去人蛮真诚的，便开了门把他让了进来。

李锋吃过晚饭了，阿风也刚吃完，刚准备收拾餐桌，还没洗碗。李锋进来后她仍然忙她的，李锋便跟着她站在厨房门口看阿风洗碗。

阿风做着事，有一搭没一搭地跟李锋聊着天。李锋说话很实在的那种，阿风有时不接他的话，也不觉得气氛尴尬。

阿风说到准备搬走了。李锋说，啊，怎么要搬走了啊，我才刚搬进来。说话的口气有些着急。

阿风没回他。

李锋说："你真要搬啊，马上就搬吗？离这里远吗？"

阿风说："是准备搬，大致有个方向，还没找到合适的房子。托中介找了，找到合适的就搬。"

"喔，还好，还好，不是明天搬走就好。"

阿风洗完碗两人回到客厅。阿风让李锋坐长沙发，自己坐在靠着壁柜一边的塑料凳上。

阿风冲了一杯茶给李锋，自己倒了一杯白水。给李锋用的杯子是个带手柄的玻璃杯。李锋端在手上阿风才想起这个杯子是蒋健用过的。

阿风的心里悸动一下，她在心里说："喔，蒋健。"

阿风很快调整了一下心情，她相信李锋并没有观察到她心里悸动时脸上的表情。

两人聊着各种杂趣，可有可无的话题。阿风有些意外李锋这么健谈，什么都聊，NBA，股票，新闻，旅游……

两个人很快熟了。

李锋来阿风家吃晚饭，吃完晚饭很自然地坐在沙发上看电视。有李锋在的时候，电视基本上就是他选台。阿风随和着，她不爱看情情爱爱的电视剧，除此之外看什么她都无所谓，电视不过就是她这么多年来打发时间的一种工具。倒是李锋一个大老爷们除了玩手游还喜欢看电视剧，古装剧，韩剧，美剧，打打杀杀，情情爱爱什么都看。

李锋一次临走前很自然地抱了一下阿风，说："晚安，明天见。"还没等阿风反应过来，他已经松开手了。

李锋第二天再来，还是昨天那样看电视，聊天，像什么都没发生过一样。

李锋自顾自地在阿风这里消耗着下班后的时光，似乎不太顾阿风的感受，阿风想，也好，要是太顾她的感受了，他可能早就不来了。阿风示意过李锋，得给她留点空间自己呆一呆，李锋当时也答应了，下了班先回楼上，经阿风同意了才下来。但不过几天他就把这事忘了，下了班又直接来阿风这里，他甚至在阿风这里打开电脑处理一些临时的工作。

要过年放假时，阿风想借回家过年跟李锋分开些时间。她想，李锋也要回去的吧。

阿风年初八上班，李锋要过了十六才返深圳。阿风申请了十天的年假，提前李锋十天回去了。这样一算，两个人至少要分开一个月，阿风想，这个时间足够两个人冷静下来把他们之间的这种暧昧关系想清楚想明确一些。阿风没把自己住处的房门钥匙留给李锋，阿风走后，李锋总发信息感叹自己的住处什么也没有。

13

阿风终于回了老家。十几年了，村里村外大不一样。她们家的房子也重盖了，中间有两次匆匆回匆匆走，她没上心分别，这次带着长住的心情回来，才发现到处变化很大。太奶奶依然健在，过一百岁了，身体好得没得说，饭量也好，只是很糊涂了，认不出人。阿风回来，太奶奶叫她华娴（音），把藏在什么地方的一块木块送她，也没说是什么。黑黑的一块木，除了一个串线的眼什么也没有。阿风要帮着母亲做事，太奶奶不让她做，把她从厨房往外拉，她也不为了跟阿风玩，把阿风拉开了自己也走开了。一个上午，一个下午，三番五次这样。阿风的母亲只好劝阿风别做了，说在深圳做办公室的人，农村人的粗活不用她干。太奶奶见阿风的母亲在做事阿风站一旁闲着时便拍手叫好，突然的，没头没脑的，看到了就说，好，好，好。太奶奶本来干瘦，现在好像又缩小了很多。她的脚是三寸金莲，本来走不快，头重脚轻的，却总是要使着力气往前冲。家人怕她摔着，只要她一睡醒要出门总是有个人跟着她，看她像要摔着了赶快扶着。太奶奶却不喜欢人扶她，谁扶冲谁嚷嚷，也不知道她嚷嚷的是什么。这么能折腾，家人很是疲惫，平时五岁以上的孩子都得轮番跟着她。好在太奶奶也不是时时刻刻都乱跑，像个孩子一样很爱睡觉，白天黑夜，一天的时间里睡无数次。

除夕上午，按乡村风俗嫁出去的姑娘回门，妹妹带着孩子早几天前就来了。二姑、表姑及大伯家的两个堂姐的家人在这天陆陆续续到来。除了妹妹，其他人都去大伯家。表姑做了奶奶，带着孙子来的，早前盛气凌人的气势小了。年轻时多把自己看得尊贵，年老了也是一把屎一把尿地带孙子，什么尊贵也没有了。或者这人就是这样，一顾不上形象，什么气势也留不住，像雨水沤过的玉米秆子，灰溜溜地挺立不起来。二姑有两个孩子，大的是女儿，小的是儿子。儿子在北京做了上门女婿，孙子不用她带。女儿也就是从小跟阿风要好的表姐，中专毕业工作两年后又考了大学，毕业后也一直努力工作，嫁得晚，三十多岁才嫁人。嫁得也好，生完两个孩子后随做医生的丈夫去了美国，丈夫公学她陪读，这时还在美国没回来。表姐的孩子在奶奶那边带着，二姑这边落得清闲，精神气质比年轻时还好，论事讲道理、说话语气间要是比表姑当年的气势还强大。但她毕竟是这个家的亲闺女，做什么事还是很出力，到来之后很勤快地帮着大伯母备年货杀鸡做饭。家里来了亲戚本来应该大堂哥堂嫂忙碌，但是他们有两年没回来了，这年回来堂哥堂嫂一起去了堂嫂娘家。阿风家跟大伯母家前后院，阿风的母亲在前院带阿风弟弟的小儿子，帮不了后院，便使唤阿风到后院帮忙。阿风回来些日子了，母亲听说她还是一个人就不把她当外人了，又像使唤未出阁的女儿一样使唤她，做她的主，要替她张罗些事情。

因为太奶奶还在爷爷又去世的早的关系吧，阿风的大伯大伯母一直没有外出打工，担起了一个大家庭的责任，照顾太奶奶、奶奶。也因为大伯大伯母一直没有外出，他们这条巷子平时也还有些生气。现在要过年了，另有两家人也回来了，整条巷子就真是热闹起来了，很是有些阿风记忆里童年的光景。回来的人多年不见阿风，过来串门时也不忘跟阿风寒暄几句。有人知道阿风早早离了婚的，便偷偷向她母亲打听她又嫁了哪里。母亲撇撇嘴，说回来几天问了几次都说没有再找，只在一个公司里做白领，当主管。阿风对乡村的这种旧俗劣性心知肚明，见到母样跟人对着耳根子说话便主动离远一点，本来要出院子也不出了，又回到房间里去。也就在妹妹到来的第二天吧，她还听到母亲叫妹妹趁过年回来的人多打听一下周边有没有合适的人给她介绍一个。说她又没有在深圳买房，又没有在深圳嫁人，一个上了年纪的女人指望在那边安家落户不容易的。妹妹的一个同学的哥哥在大队小学里教书，算起年纪来应该跟阿风差不多，早前几年妻子带着女儿跟人走了，剩了个儿子在他带着。儿子也不小了吧，听说也十多岁了。

妹妹和母亲议论这个，阿风若是听见了，就避开。她可不想这个时候出现在她们面前，她若出现等于是允许她们公开谈论这个事了。没必要，她可没这个心思。

二姑在后院的院子里烫鸡，杀了两只鸡，叫阿风帮忙倒水。阿风一边帮忙倒水，一边跟二姑聊天。二姑说到阿风的前夫，说他现在很有钱了，每年开车回来，车很光亮，很好看。阿风听着这些话，也不接话，只等二姑说完了问她见过那个孩子没有。二姑说："见过呢，去年你表姑还把那个孩子带到咱们家来。那孩子怪懂事，但知道的不多，把咱们都当亲戚。说他从小就来过咱们家，还在咱们家住过。"

阿风听着二姑这么说，起初以为谈起这个话题她不会有什么不适了，但这时她明显感到脖子后面的颈椎和两边的肩胛慢慢发硬，喉咙里也有东西慢慢往上爬。

人多，用的土灶炒菜蒸饭，一个懂事些的女孩子过来帮忙烧火。

饭煮好，每个人一碗饭一碗杂烩，不是做了几样菜大家都搛着吃。天冷吧，分盘装怕凉的快。

阿风给大家盛杂烩。

阿风吹着锅里的热气，挑着东西给大家分碗，争取每人每样都分到一些。阿风看到一块鸡肉的皮上还有鸡毛，她本想用手拔掉的，转即一想，把这块带着鸡毛的鸡肉盛到了二姑的碗里，然后又装了一些其他的菜盖着那块鸡肉。阿风没想把这块肉给表姑，相对表姑，她更恨二姑一些，她以前说不清是为什么。但是现在，她什么都活明白了，她觉得表姑虽然自小是在她们家长大的，毕竟还是跟她隔了一层，而二姑可是她的亲二姑的，爷爷奶奶的亲闺女，父亲的亲妹妹。

吃完饭洗碗，人多，碗也多，农村的灶台小，在那里洗不下这么多碗。阿风学着母亲那样，在院子里放了一个大盆，拉了水管朝大盆里放水。水是地下水，从三十米深的地下抽上来的，只要稍抽一会儿，等温暖一些的水出来了，水盆上面就会冒着轻微的热气。她把水管放在盆里注水，水很快满了，但温热的地下水还没有上来，阿风便任水那么一直流着。她知道水这么流着也不浪费的，流下去就流到菜地里了。菜地里种着菠菜，这年冬天雨雪少，人工浇水只湿上面一层，下面还是非常干渴，菠菜没覆盖的地表可以看到干裂的缝隙。那些水会流到那些缝隙里去，灌满一条又会流向另一条。今年的土地实在是太干了，水流过一遍也不能把裂缝愈合好，要水一遍一遍地流，把深一点的泥土块都融化了，土地的裂缝才会慢慢变小，慢慢消失。阿风看了一会儿流水，回屋里去拿板凳，碗多，她要坐下来慢慢洗，耐着性子一遍一遍地洗。她现在知道人生到头，日子不过就是如此，谁也不比谁的生活更精彩，最终都得耐住性子过一些无聊时光。太奶奶是这样过来的，奶奶也是这样过来的，她的大伯母、母亲现在正在过这样的生活，而她不管最后在哪里终老也逃不过这样的岁月。

太奶奶、奶奶、大伯、大伯母、大伯母的孙子孙女、表姑、表姑的孙子、二姑、两个堂姐来给娘家送年货的家人，还有阿风，一大家人的碗筷可真不少，阿风饭前过来帮忙时就准备好了要洗这么一大盆。奶奶满八十岁的人了，跟太奶奶看着像姐妹俩，平时也不太做事。但比起太奶奶，她头脑眼目清明得多，什么事情在她的那里还是井井有条。奶奶打阿风收拾碗筷就劝她不要动手，告诉她大伯母会做这些。阿风知道奶奶的心思，媳妇和孙女，奶奶自然更疼惜她这个孙女。奶奶不管家之后，大伯母是一家之主，她是很精通世故的，见奶奶出来劝了，也来劝阿风不要做，说等会儿她忙完了就来洗。二姑和表姑这时都不见了，表姑丢下碗就带孙子出去找大公鸡了。二姑呢，也陪太奶奶晒太阳打盹去了。太奶奶真是太老了，像个孩子一样，吃饱了就去屋山头她的专属躺椅上睡，睡一会又醒，醒起来就要出门玩。阿风不想逃，也没什么好逃的，她知道这人间的事情你逃一样就要面对另一样。

阿风认真地洗着碗，水也没有关，任着从地下抽上来的温暖的水一直流着。太奶奶嘴里嚷嚷着从外面回来，腿脚还没到枣木拐杖先敲到了。表姑的孙子学阿风的太奶奶手里拄了一根树枝当拐杖，也是人还没到，“拐杖”先敲到了。太奶奶嚷嚷一声他也嚷嚷一声，没有人知道他们嚷嚷的是什么。二姑和表姑随后也到了，笑着追着，阻止一老一小过来阿风的旁边玩水。一老一小看上去做的事情一样，细分辨又不一样，太奶奶做什么是不顾别人的，高兴了也是自顾自的高兴。表姑的孙子不同，他是模仿着太奶奶的，做一样什么事看一看周边的人，看别人的反应，然后才做下去。

吃过午饭，大伯跟一个大些的男孩子贴门对子，所有的门窗都要贴，几个小些的孩子跟着忙碌。有认字的孩子读门对子上的字，阿风听到都是“发财进宝，富贵迎门”之类的话。阿风他们这个大家，上数过三辈的事她不知道，她上面两辈，她这一辈，还有下面正在成长的一辈，是真没有几个把书读好的，这样的一家人贴对联也就没有什么讲究了。

贴了对联，院门那边放了一挂鞭炮，算是向祖宗向老天爷报吉祥，接下来就准备过除夕迎接新年了。阿风想，这是又要过去一年了，新的一年来到了。

阿风这边，锅盖蒸笼、碗碗筷筷、盆盆罐罐都洗好了，放在另一个大盆里浸泡，她离开到前院去拿东西。前后院两家人虽是独立的院子，却也有一道单门大小的过道可以通行，不必走出这院再入那院。

阿风应该是刚到前院就折回来了，她一边走回来一边把刚放下来的袖子又往上挽，她这是要把浸泡的东西往上捞，滴水，往屋里收。等她做完这些再回前院，父亲给母亲的娘家送年货已经回来了。父亲、二姑、表姑和母亲、妹妹都在，大家在堂屋里坐一圈聊天。表姑因为要照顾到处乱跑的小孙子坐在门口，见阿风回来了忙亮起嗓门说“小凤回来了”。表姑话音刚落，阿风已经拐到门口了，阿风看见一屋的人脸上都惊慌着，好像一时都不知道怎么面对阿风。阿风本来是心里有准备的，但见这状，也是一愣。她正想说一句妥当的话把这种局面打哈哈过去，到底还是不及她的母亲机敏，被母亲抢先了说话。她的母亲处理惯了家庭中的大事，胸有成竹地迎着阿风，跟阿风说，大家正聊她的事呢。

阿风知道他们在聊什么，妹妹之前提到的那个教书的二姑说去年娶了人。他们打消了这个教书人的念头又想到了其他两位，一个是弟妹村上的什么人，但这个人现在又娶了没有还不能确定，要等到十点后弟弟弟妹下火车到家了才知道。比较靠谱的一位是邻村里的二瘸子，从小瘸，一直没有结婚，过继了哥哥家的一个孩子养着。也因为要养这个孩子，三十多岁了才想到出去打工。起初是开电动三轮车在天津的城里收报纸，后来不知怎么的到了浦东开了破烂回收站，发了。发了之后先是把继子送去了县城上学，然后又在村子里新起了房子。听说他发誓这个继子他是要好好养的，养到大学毕业。要是学习好再供他读研究生也不在话下。另外呢，就是想正儿八经地娶个老婆，那种明媒正娶，吹吹打打那样的。媳妇要坐轿坐轿，要坐宝马坐宝马。租十辆，风风光光的。媳妇呢，他得挑挑，得是那种传说中的又贤惠又漂亮，又出得厅堂又入得厨房的那种。最最好呢，还能有点文化。

阿风装得大方的样子，掏出手机来在门口站住了看短信。李锋的短信，说他回到北京了。阿风前天就收到过李锋说要回去的短信，当时不想回，现在还是不想，她只装着回短信的样子按了许多不相干的文字转存在草稿箱里。

母亲说："人瘸是瘸了点，心地不坏的，再说现在有钱了，能过日子。”

屋里一时没有人接她母亲的话。阿风笑了笑，走到母亲旁边坐下，想着怎么应付她两句。大过年的，不然她就转身走了。她知道聊下去话也不长，二姑表姑还有妹妹是时候回去婆家过年了。

最大的星星借着你的双眼凝视着我

1

推门进来的人借着窗口的光打量厢内。因为迎着光又要看光里的东西，这人免不了要递出头觑着眼去看。这神情把他的人扯得像只呆头鸭，脖子向前递了又递，样子很警惕。他看过几眼也不知道看清了什么，便小心翼翼地抬脚跨前一步，然后才用手托着背包轻轻地放下。窗外的光照在他的身上，他自己并不知道照了多少。光有些强，照亮的躯体既无头也无腿，像个悬在空中的后现代装置。但这样的躯体又是会动的，什么在指使着这样的躯体活动，在不明情理的人看来或者是个谜。他开始脱衣服，好像已经确定周围没人，肆无忌惮地脱。脱完衣服后也不折叠，直接扔在了扶手栏杆上。他上床，动作有些大，紧着他身体躺下，床铺发出一声响。咯吱。很干脆。但他躺下后就没有再动了。

可能因为他身在黑暗里——这玄妙感觉让他开始真正弄

清包厢里的状况，与他之前刚进门时从光里看到的情况大为不同。或者说，他之前只是看到了光，除了光他什么也没有看见。而现在他看到了光下的部分，好像是光隐藏了世界，在他躺下身后符合了一定的条件才肯向他打开。也因为他自身安静了下来，厢内原有的宁静气息与他接壤，他顿时从中感受到这个空间还有另外的人。这时火车开始启动，先是一顿，然后缓缓向前。他机智地随着火车的节奏转动着身体，当他把平躺着的身体右侧过来，他确实看到了对面的上铺上躺着一个人。

2

天亮，初升的太阳光芒照进软卧包厢，对面上铺的女人醒了，这边的男人还在睡。他有些呼噜声，轻而均匀，并不鲁莽。这让女人并未因为自己先入驻的空间里多出一个人来生出反感。

起床洗漱，然后在走廊里走走。或者叫散步。

走廊里有个老人带着一个还不会走路的孩子学习走路。孩子走不稳，逆着车前进的方向走，像迎着台风，举步艰难。但他的脸上是笑嘻嘻的，带着冒险家的大无畏精神与乐观。

女人很高兴地看着向她走来的孩子，眼里有些恍惚。孩子好像认得她，仰脸朝她咿咿呀呀。她回应着笑，很亲切却又不知道如何招架这个孩子。那感觉好像记忆萌发了新芽，却又不是之前种下的那粒种子。

老人先说话了，说，布墩，叫阿姨。

女人听到这名字就笑了，说，这名字有意思。然后蹲下身去跟布墩打招呼。

看得出来，孩子喜欢女人手上的珠子，当女人伸手想握一握他的小手，孩子手还未到，嘴先咬上来了。这个时候的孩子嘴是比手灵活的。女人一愣，莞尔笑。她想起什么，脸上又笑深远了。但她还是不由自主地缩回了手。

孩子遭到拒绝并没有气馁，反而停下来咯咯咯笑了。女人见孩子这样，心想到底是个孩子，对这个世界发出的信息还只有接收，还未生出一个人执着的定论和抗拒。这么想，就为刚才收回手有了愧疚，她干脆把珠子取下来递给孩子玩。老人本想拒绝，可孩子是想要的，一把抓了过去。

珠子是黄水晶，迎着光荧荧透亮，孩子含在嘴里，可能像含了冰糖，高兴得两腿直蹦跶。

女人尝试着理解孩子的身体语言，问，你很高兴是吗？

孩子咿咿呀呀，眼睛杏圆，脚下更是有力地踢腾。

女人便又笑了。就这样，一大早的，女人算是结交了一个朋友。

3

早餐的叫卖声响起后，早餐车已到了眼前，老人买了一份粥和炒面喂孩子吃早餐。炒面要弄碎才能喂，老人忙时女人跟孩子玩。待孩子吃起来，女人怕那孩子分心，回到自己的软卧包厢里。

男人还在睡，呼噜声已经没有了。女人起床时偷偷看过他的脸，还是一张年轻男人的脸。毛寸头，像是刚刚理过，很有个性地一根一根竖着。女人在下铺坐一会儿，想起那张脸，又去了上铺躺下。她只需一转头就能看见他。

火车摇摇晃晃得像个摇篮，女人很快又有了困意。她再次醒来后，男人已经醒了，耳朵里塞着耳机。他见女人醒来，本来右侧的身子转过去放平了，仰面对着火车顶篷。

女人起床，下床喝茶，吃之前买的一份白粥。

男人也起床下床了，他推开门，包厢外的喧哗一下子扑了进来。他打了哈欠，站在门口肆无忌惮地伸了个长长的懒腰。伸了懒腰，好像人又长高了。

女人看埃德尔曼的《比天空更宽广》的书。书名是埃米莉·狄更生墓碑上的一句诗，内容则是杰拉德·埃德尔曼对意识的科学分析。他把意识提升到与生命同等的重要位置，他说：“意识是我们能够得以成为人的保证。如果永久性地失去了意识，即使仍然存在生命体征，也会被认为等同于死亡。”在这本书里，他将把产生意识的神经元的活动进行必要、合理的科学阐释，详尽细致地说明人如何产生出主观感知及思想和情感的问题。就是，让一个方面的特征能从另一个方面得到理解。

这本书显然复杂，女人看看停停，不时翻到书的术语解释表来帮助了解一些句子的基本语意。

男人在走廊里跟孩子玩。孩子手里还紧紧地握着女人的那串黄水晶珠子。生怕有人从他手中抢去。也或者他还不会放手吧。

男人把一只耳塞塞到孩子的耳窝里，孩子吓了一跳，以不可预料的速度转身扑到老人的怀里。老人便抱着他，拍着他的背，说不怕不怕。

男人知道吓着孩子了，想着把耳机线拔掉，让孩子知道声音的来源。可能空间大了，声音没有那么尖锐，孩子听着欢快的节奏转过身来又朝他笑。孩子的眼神这时已不是一个无知的孩子眼神，他向男人投来的是释然的一笑，好像我们常说的“原来如此”。

可能老人要哄孩子睡觉了，带着孩子过来还女人水晶珠子。男人也跟随着进来，直接躺进了下铺。

果然，孩子还不会放手，老人要强行一瓣一瓣掰开他的手指取出才行。

老人不知道这是一串什么质地的水晶珠子。女人在下铺盘着腿看书，叫老人把珠子放在桌子上就好。老人时刻的意识是护着孩子，不让他倒下，怕磕着碰着哪里，就把珠子随便地往不锈钢盘子里一丢。水晶珠子落在不锈钢盘子里发出惊人的响声，吓得孩子一个激灵。老人说，哟，这么响。女人眼睛离开书望着孩子，嘴里说没事没事。

女人在老人带孩子走后，起身关了门，找出一个杯子用冷开水泡着那串黄水晶。

男人像是有些年轻人的轻狂，跃跃欲试的，想与女人打招呼。但他也是懂得对眼前的这个人应有的尊重的，他先是拔掉两个耳塞，放下二郎腿，起身端正了坐姿。他说，我也看过你那本书，讲大脑意识的。

女人眉头一挑，说，喔，对的，是讲意识的。

男人说，他当时是为了了解自己受伤后的大脑可能会出现什么样的问题，大量地看了这类书。

女人听这话便有兴趣了，眼睛离开书，冲男人赞赏地微笑。

女人突然觉得对面的男人年龄不会太大。便问他，你还在读书？

男人像刚成年的弟弟对姐姐那样故意卖了个关子，说，这个问题不太好回答，我觉得我还算是在读书，但事实上又不算。

怎么说？女人觉察到什么，淡淡地问，似乎很有兴趣，似乎也能理解对方不说。

我脑子出事时在大四，第一学期刚开始。但后来就没法接着读了。出事那天晚上跟同学出去喝酒，喝多了，回校路上跟人打架被人用垃圾桶砸了。我至今不记得这事，但我记得跟同学出去吃饭唱K。男人收着耳机线说，有些莫名其妙的情绪流露出来。女人觉得他那样子，好像内心里在参照着什么要给事情下一个定论。

男人的这段话里什么东西刺痛女人了，她一下子皱起眉，样子是不想听这故事了，于是懒懒地说，喔。她又盘起腿拿起书做出要准备看书的架势。

男人看了一眼女人脸上的情绪，有了警惕，把收好的耳机线装进一个细棉布袋里，借势站起身，然后在上铺的背包里找东西。他的站姿与头天夜间放包时重合，动作也是那样，不同的是没有被光截取，是个完整的人。

到了下午，午睡的人醒来，包厢外人声嘈杂。车窗外已进入陕南地段，不时仿佛江南的田野风情，不时又会展现出山川峻险的一面。而这时，走廊上多起了看风景的人。隔厢的孩子要下车了，男人在外面跟他玩一会儿，主动要求帮老人拿行李下车。老人的东西确实多，一个拉箱，一个挎包，还有一个婴儿推车。

孩子有些不知名的兴奋，嘴里啊啊不停。

女人并未出来相送，仍在包厢里看她的书。那样子是冷淡的。

火车启动男人才回到包厢里来。他显得无事可做，开始收拾行囊。但他只是一个背包，也没有什么好收拾的。收拾完，坐在下铺，他又主动问女人，你在哪里下车？

女人说，下一站。

男人有些高兴了，说，我也是下一站下。

女人不接话，男人再次警惕了。他觉得现在的自己是个敏感过度的人，能感觉到这世间很细微的东西。他明显觉得女人冷漠，沉浸在自己的内心世界，对外界事物提不起兴致。

女人显然也是很敏感的，但她并不介意别人如何界定她，所以，她只是在男人没有等到她的回应时落寞的那一刻眼睛在书上稍微犹豫了一下，就又接着看书。

4

一个很小的火车站，像时代停留在某一个时间点上没有往前，火车站的建筑也停在了那个时代。月台很干净，青砖铺就的地面不时有一簇一簇的野草，青翠茂盛。这样的路大约有二十米，然后就到了出站口。并不多的旅人排着队出站。

男人显然有意识地跟在女人的后面，看着女人坐上了出租车，自己才坐上一辆。出租车司机问他要去哪时，他还是恍惚的神情。他知道自己想做什么，但是无奈时间紧迫，不等他想出伎俩，女人乘坐的出租车已开远了。

还好他们的路径一致，两辆出租车前后拐了几个弯后都进入了往山里的路上。或者他们并非熟路，但是他们的出租车司机是熟悉地形的，这个现象直接的指向是他们可能去往同一个地方。

男人开始叫司机跟着前面的车，而前面的车并没有等他们的意思，飞驰向前。

一不留神，女人乘坐的出租车下山路后进入一条小路便不见了。男人来不及跟司机说跟上他们，已错过了路口，他只好由着车又向前开了一会，落到一个镇上。

男人并不熟悉这个地区，好在这个镇是个旅游区，有两家全国连锁的快捷酒店可以入住。他是来之前就订了酒店的。入住，把背包放好，拿出便捷布包装上水和旅游区的地图，向酒店租了一辆自行车就出去了。

镇子不大，出两条街便是旅游区的旧城墙。沿着城墙骑车两三里，就到了旅游区。旅游区里没有高大的建筑，只是清一色的合阳民居。每户民居都是一个独立的院子，分门房、上房和东西下房。民居几乎全是残垣断壁，看不到一户完整的。街上除了几队扎着三角架摄影的，并没有其他的旅客。

若笼统说，旅游区主干就是一条乡间小路，小路两旁是那些民居。主干路两旁两户傍着分支出一条小巷。但并不深，站在大路上，能一眼看到尽头。树木也不多，不远有一棵或者两棵的都是老得不成样子。男人骑着车停停看看，并没有下来。有一棵上千年的老黄槐在半人高的地方有一个大洞，样子可以容下一个三四岁的孩子。这么大的洞，等于树干是空的，只剩了一张皮支撑着上面的枝叶。男人觉得好奇，停了车把脸从这边贴着洞口看进去，不想，吓跑了两只松鼠。正是黄昏的时候，可能是在外玩耍刚回家的松鼠孩子，这下又给吓跑了。其中一只很快跑到了一户院中，它走的并不是院子的破洞大门，而是借着另一棵黄槐树上了院墙。又从院墙到了青瓦屋檐，然后就不见了。

这条乡村路似乎很长，怎么也骑不到头。天眼看着要黑了，男人有些担忧地停下来想想要不要继续向前。并未想太久，他把车头掉向来的方向，直身踩一下车蹬就飞驰返回了。他身上感觉到些许的凉意，而回去的路上，也没再见到什么游客，连摄影队也不见了。

5

第二天一早，他再次租了自行车来到昨天到过的乡间小路，他想，今天怎么着也要骑到头，看一看这条路到底有多长。

真下决心看了，路也并没有多远，骑下来觉得总的路长也就十几里的样子，在路的另一头也是一面老的城墙。而出了城墙外也像来的那一头一样，依旧是田野和大山。与他来的那一头不同的是，这一头的田野是个大斜坡，只站城墙下不下去往远处看，似乎斜坡无限长，看那么斜下去并不知道能有多深。但对面的山是清晰的，山与这边斜坡的之间是个黑洞，仿佛城墙门口一阵阵凉风是从那里来的。

男人并不害怕，样子上看有少许的警惕，毕竟他关于这个地方的印象并不是他的。他会到这里来，完全是因为他的同学小昭交付给他的记忆。这个“记忆”，或叫梦也行，反正就是他昏迷未醒时小昭交给他的那种东西。也是因为这个，他才会决定到这个地方来看看。看看这里到底是个什么地方。

他吹了一会儿风，重又把耳塞放进耳朵里。头盔戴好，U巾拉上，推着车子进了城墙门里。待迈腿骑上车，他又飞一样的原路返回。他还不想进入那些小的巷子，他想他不急着去了解那些小的地方，他有的是时间，他首先要做的是弄明白这个地方大的范围。

路上依旧没什么人，晌午了，本来有几支摄影的小队伍这会儿已经收了器材去山上准备拍落日了。路上冷冷清清，连一只流浪狗也没有。

这个地方确实也不应该有狗，因为没有生活在这里的人家，没有烟火生饭，狗到了这里来连口吃的也讨不到，来了又能做什么？说到底这里不过是哪个朝代的城郭旧址被后人发现了。也或者他们要准备开发旅游的，而又因着什么搁着了。周边的人家想来投资或做小生意的本来是冲着这些来的，又因为到底没有开发起来，生意并不好做，只零零落落的一些小商家过着维持生存的日子。话又说回来，因为没有大开发，这个地方还是被发现时的朴素的状况，又反而吸引了一些爱探险和爱尝鲜的驴友到来。不辞辛苦，千里迢迢。

在一条通向田野的路口，男人看见一个身影，那身影并不明确，像火焰一样晃动。他为了看清身影急忙刹车停下，但等他停下后那身影又不见了。他不知道那身影去了哪个院子，只好原地等待。还好，虽是晌午，天并不热，他拉下U巾想吹一会儿田野那边刮过来的清风。随着阵阵清风，田野的香气迎面扑来。

好吧，歇一下吧。他停下了自行车，准备就近走走。如之前观察，这条从大路那边延伸过来的巷子并不深，约莫三四户的人家之后就到了巷底。再之后是大片大片的荒野。较为平坦的一片视野过去就是山脚下了，因为山高，能看见的一座寺院显得特别渺小。隐约能见几座塔的顶端，而塔下面的一片瓦青色若隐若现，不是天气好，很难看见。

男人喝着水，转头看见从一座院子里走出来一个人。那人往他相反的方向走，他着急了，失声喊起来："姐……"

喊出声后，他也意外这么喊，他之前可是准备好了要找回自己的身份的。但这么喊显然打动了那个身影，她停了下来。

女人看着他，想走过来的意思。男人见状忙取下头盔推着车过去。

“刚才是你叫?”可能因为天气燥热，女人围着面纱，待准确仔细地取下面纱后才盯着他开口说话。

“是我叫。其实我在火车上就看你熟悉，想跟你说话。”男人很诚实的态度，因为光线强，半觑着眼看着她。

女人对他疑惑，不知道怎样待他。火车上对他那样的冷漠再次显现在她的脸上。

男人自然是明白女人的处境的，说：“或者我们可以谈谈。”

“在这样的荒地，我们能谈什么?”

“我之前不太确定你就是蔓菁，但刚才我喊你，你停了下来。我现在知道你叫蔓菁，我们可以就从这里谈起。”

男人这时使用的身份是小昭的同学身份，不是小昭交付给他的记忆身份。

“你又知道我叫蔓菁?”女人的沉稳中有掩饰不住的惊讶。她停下来不走了，更加疑惑的表情看着他。

“先跟你这么说吧，我是小昭的同学。一起出事故的同学，我叫松泽，曾松泽。”男人感觉到女人停下自然是为了等着他。

“很意外是你。松泽。”女人语气上松懈下来。

这下沟通起来方便多了，松泽叫蔓菁蔓菁姐，蔓菁也直呼松泽的名字。

6

“那天一个同学生日，我们出去吃火锅，都喝了不少酒，回学校的路上我说请大家唱 K，然后我们又去唱 K。”

松泽脸上的神情让蔓菁觉得熟悉，甚至与小昭说话时喜欢眯眼的动作都一模一样。松泽继续说：“唱 K 唱到很晚。我越是想喝醉越喝不醉，胸口难过坏了。我去卫生间抠嗓子眼想吐出来，可是就是吐不出来。松泽都吐了，霍亮也吐了，我就是吐不出来。在那一刻，我希望世界爆炸了才好，把我们都炸个粉碎，都变成宇宙中的灰尘，这样，人就没有痛苦了。”

蔓菁觉得身上有些凉意，用手转过去松泽的脸看了看他的左耳后跟，看那里有没有一粒黑痣。没有。这不是小昭，她心里说。

“孝伟在路边小解，没到路边的灌木丛里，就是站在一个路灯柱子下撒尿。这时来了一辆车，下来两个人，也是站在路灯柱子下撒尿。孝伟是重庆人，喜欢说老子。孝伟说撒老子脚上啦！那两个人朝他吹起口哨，也没说什么。孝伟撒完尿转身走，不想有个人转过来冲着孝伟把尿撒到孝伟背上。孝伟就怒了，那人上来给孝伟就是一脚。这边打起来，另一个人还没尿完也过来了。

“我跟松泽走在前面，听到后面有动静，回去支援孝伟。

另外的霍亮他们也回来了。车上还有两个人，我们回来他们也下来了。大家毫无预料地打起群架。打着打着人越来越多，他们又来了一辆车。甚至开着两辆车直接朝我们撞上来。孝伟看到形势不好，跟霍亮他们跑了。他们的人一部分追孝伟他们去了，这时我也准备跑，但看到松泽被三个人围着用脚踢，我想去解围，不想松泽毫无反抗能力，刚站起被一个人抡起垃圾桶夯了一下就倒下了。我见松泽倒下了还是想逃，沿着人行道逃，他们的一辆车开到人行道上来把我撞飞后直接从我身上辗了过去。

"我尚有意识，想要呼喊，但是没用，我那时已开不了口，半个身子动不了了。我看见又一辆车从我腿上开过，开得很快。后来他们的车开走了，我想招手，我也不知道手动了没有，但我清晰看见没有一辆车停下来。我并没有痛苦，只是发不出声音，身体动弹不了，像梦魇。不知过了多久，我开始发烧，我知道我在发烧，有护士翻我的眼皮，把我一身都敷着冰块。

"我看见过你，也看见过爸妈，你们最终同意把我的右腿截掉，我叫你们别听医生的，保住我的腿。可你们不听。我不知道你们有没有看到我的挣扎？"

松泽口述到这里时痛苦地看着蔓菁，蔓菁从松泽的叙述中看到了小昭，看到他出事第二天在重症病房挣扎的样子。他当时四肢是捆绑着的，医生解释说他深度昏迷，对外界并没有知觉，他那样挣扎是无意识的。蔓菁和父母都不懂医，在那样危急的情况下对如何医治小昭没有一点主张，完全听医院的安排。

蔓菁并不是小昭的亲姐姐。蔓菁生下来就生活在姥姥家，自她会走路就跟小姨一起睡，就是夜间小解也是由小姨把撒。那时小姨才刚高中毕业，也是刚二十出头的人。后来小姨嫁人了，蔓菁就由姥姥带着。但蔓菁不高兴，哭着要跟小姨睡，刚出嫁的小姨不知怎么得到了婆家的同意把蔓菁接了过去，从此随姨父的姓，叫小姨妈妈，叫姨父爸爸。小姨婚后的第二年有了小昭，蔓菁这时也有五岁了，完全成了小昭的小保姆。

小昭从小到大被蔓菁照顾得很好，他很爱这个姐姐，愿意听从姐姐的指示，直到蔓菁去读了大学，他们才分开。也因为两个人不是亲生姐弟，生怕此生不能比姐弟更亲密，两个人心里更加珍惜和爱护对方。蔓菁没有见过她的母亲，连一张照片都没有看过，但她从镜子中见到自己的模样让她相信小姨应该是她的亲小姨，她们的眉眼是很像的。仔细看下巴也像，或者等蔓菁再长大些，脸上轮廓定了型，差不多就是小姨的样子。蔓菁想。

小昭出事后，小姨听说了什么，与蔓菁生分起来。她们后来的关系基本上只剩下了如何共同维护昏迷中的小昭的生命这件事上。因为立案是打架受伤，人身意外险不愿意报销小昭的医疗费用，这让蔓菁与小姨之间的关系又只剩下谈钱。小昭昏迷不醒一年零七个月后家里已没钱供他住院，一直使用的进口药物也停了，小姨这时才向蔓菁低下了头，接受蔓菁的钱继续为小昭治疗。小昭身上的伤基本都好了，灌食营养也吸收得很好，医生就在看接下来小昭受伤的大脑能否有所修复，什么时候能醒来，最终是否会醒来并不能断言。按常识，人身上的所有细胞组织唯有大脑部分的不能再生，哪一部分受损了，将直接影响相对的身体功能。医生说的修复的可能是指小昭大脑里许多细碎的血块能否被附近的细胞组织吸收。大的几个血块已经手术取了部分，但创伤面修复得并不是很好。

又过了两年多，也就是春天的三月，就在他们当年出事的时间前后，小昭走了。蔓菁本来在出差，一个小昭从不曾去过的城市。但不想小昭还是找到了她，当时傍晚，她刚从酒店的会场里出来。一个湖畔，小昭站在水草上，跟她大概十多米的距离，小昭很耐心地等着蔓菁看到他。心有灵犀一样，蔓菁朝小昭看去，小昭正在看她。蔓菁很开心看到小昭，像平时去看望小昭一样俩人自然相见。但当蔓菁向小昭走近的时候，她发现她每向前一步小昭都在远去，她便急了，想奔跑起来，小昭这时转身走了。

蔓菁忘不了那一幕，小昭是那样的平静，决绝，没有一丝悲伤。她想，要永久地分离了，你怎能没有一丝留恋或悲伤呢！

小昭的后事处理完之后，蔓菁一直希望小昭能再次出现在她的梦里。跟他聊聊，想知道他为什么愿意醒来，因为她确信只要不计伤残的程度他是可以醒来的。但她不知道他是否还会再来，于是她祈祷，祈祷小昭到她的梦里来。

直到又将是半年的时间过去了，小昭从来没有来过。

蔓菁仍没有放弃了解小昭，若不能从医学或科学上了解，这世间还有什么法子可以去了解一个人？一个物理意义上死去的人？她想到认识一个比丘尼，便到这个比丘尼在的寺院里来了。

她头天被安置好住宿，在半山上的寺院过了一个宁静的夜晚。因为在寺院里休息得早，第二天僧团上早课时她就起床了。待听僧团做完早课随她们吃了早餐她就下山去了，她好像事先知道山下有这么个地方，很顺路的就到了这里。

7

他们一人坐在城门外的石阶上，一人坐在石阶旁的石头上。他们的面前还有一个更大的石头，石头不规则，但有几块平整的面可以放包、水和松泽的头盔。他们那样坐着好像坐在自家院落的桌子前。不同的是，他们抬眼看出去的地方是田野和大山。

松泽说话停下来后一直看着蔓菁，表情几乎是定格了，像被人点了穴道。蔓菁握着松泽的手，叫“松泽，松泽”。

见松泽没反应又试着叫“小昭，小昭”。

松泽哭了，慢慢地苏醒过来。

“蔓菁姐，我是松泽。”

“是，你是松泽。”

“但是我常常会陷入小昭交付给我的记忆中，进入记忆场景，这时我的感觉也都不是我的，不是松泽的。”

“别着急，慢慢梳理这些情绪，看哪一部分是你的，哪一部分是小昭的。”

松泽知道小昭已经走了，正是因为小昭交付给他记忆时一起输入给他的意识他才苏醒。他苏醒的时候在自己的家里，一直照顾他的妈妈暂时外出去了，走前把他扶在轮椅里坐着，屋子里放着轻音乐。他醒来的第一眼看到屋里的情景让他很迷惑为什么会在松泽的家里，他的眼睛和记忆那时都是小昭的。小昭到过他家，跟他住过一个暑假，所以小昭熟悉这里。

他用了很长的时间来纠正他是松泽不是小昭，因为他的妈妈给他看镜子中的自己和照片是同一个人，他才试着相信他是松泽。

他后来多次回想，从他醒来后他的记忆是怎样的。无疑，他的脑子里没有一点他是松泽的记忆，所有的记忆都是小昭的。

他醒来后的第一件事不是学走路，他学习的第一件事是吃饭，因为之前昏迷给的鼻食停掉之后他是喂食的，就是把他的嘴打开用勺子把食物送到他的喉咙，然后合上他的嘴由他自己吞咽。往往一碗半流食能喂上一个小时。醒来后，他除了学习自己张嘴吃饭后还要从头学习说话，先说一个字，再说词语，再说短句。最开始，他想表达为什么是松泽的妈妈在服侍他，他自己的妈妈哪去了，但他表达不了，直到他能活动自如能写字能说话才明白他是松泽。

蔓菁问："你没有一点关于受伤后的记忆？像你刚才叙述的小昭那样的记忆？"

"没有。"

"别急着回答我，你再回看一下躺在医院的人是谁？那个挣扎的人是谁？"

"是小昭，真的是小昭。后来你们还找人给他剃了头发。"

蔓菁记得给小昭剃头发的事，医院里不负责帮病人理发，起初半年每次给小昭剃头都是从外面叫来师傅。后来蔓菁买来了给婴儿剃头的推子，跟妈妈一起给小昭剃。所以，每到小昭剃头的时候，她不管多忙都要请假回家。

松泽带着许多的疑惑到了小昭昏迷期间一直漫游的地方，小昭明确告诉他地点在陕南的一个山里，一座废弃的城郭旧址。他曾在这里什么也不做，就是漫无目的地飘游，在空中飘来飘去。他的身体像一段绸子也像一团雾，风吹了会变形，但不会散。他不能说话，只能静静地看着什么地方，他最喜欢去的地方是那棵千年槐树，树里住着几只小松鼠。它们长大了又变老，变老了又有新的小松鼠出生，然后慢慢长大。

松泽搜索到这个地方后，早早在网上订了酒店。他这时身体上的功能都恢复自如了，没有人相信他能恢复得这么好，医生解释不了他的状况，曾诊断他这一生可能在无意识中度过。要知道从他醒来到完全康复只是短短的一年半时间，一天一天，比成长中的婴儿变化还快。医生还没有找出他可能苏醒的原因，他就如常人了。他的家人对他康复后的状况非常满意，喜悦难持，恨不得拿着喇叭告诉天下。所以当松泽提出想出去走走时，家人也很高兴，也希望松泽借此找回他丢失的四年时光。虽然叮嘱很多，还是很开心地看着他像常人一样收拾背包出门。

他还跟家人说想回去读书，也去申请了，但是学校暂未给出答复，他还在等。

他的记忆全是小昭的，但他又不是小昭，他是松泽。他没有任何关于自己的记忆，偶尔回想起一些，也是通过小昭的记忆看到的。这让生活中的他很为难，他若不用小昭的记忆经验参照，他是对任何事情都没有判断能力的。他要做松泽，他的一切都得从头学习。但他会不由自主地用着小昭的喜好和习惯，像骑自行车，听耳机。

蔓菁说："别悲观。你正在重新开始，火车上我看到的你便是你自己，不是小昭。虽然有动作像小昭，但你们这个年纪的男孩，其实都是很像的，这是青春共有的东西，不是哪一个人的。你要对生活有信心。”

“这感觉让我感到混乱，我嘴里称呼爸爸妈妈，但我的心里又觉得他是阿姨、叔叔。我看我房间里的东西，也是觉得这是松泽的书，这是松泽的照片。我之前没有遇到你们，我不知道看到你们的我会是什么感觉，现在我知道，我看见你，我一下子什么都记得了。我觉得你亲，我的心里像虫蚀一样，充满着难耐的喜悦。”

“每个人的一生中都会有一段心灵的困境，这或者就是你此生的困境。”

“姐也有吗？”

蔓菁本来看着对面田野的视线转向松泽说：“你应该叫我蔓菁姐，以来纠正你的身份。这是再好不过的开始。”

松泽脸上苦着，他不敢看蔓菁，他闭目观想着自己是小昭还是松泽。他把自己放到对面的大山上反过来看他与蔓菁坐的地方，他告诉自己：你是松泽。

许久，蔓菁和松泽谁都没有动弹。

松泽不知道要不要把小昭在这里漂浮着的事告诉蔓菁，他问蔓菁：“蔓菁姐怎么会来到这个地方？”

“我来找一个人。”

“找小昭吗？”

“不是。来找寺院的一位比丘尼。你呢，你怎么到这里来？”

“我的脑子里都是小昭的记忆，包括他昏迷期间的记忆，他常常在一个地方飘浮，是一个荒废的老城，这里没有人家，城墙外有一艘大船，可以开到沙漠里去。他在这里等一个人，他知道蔓菁姐有一天会来这里。他还知道蔓菁姐被妈妈误会了，怨恨了，他不能去劝解妈妈，因为他们的因缘已尽，他只好来这里等着蔓菁姐，他要告诉蔓菁姐……许多话，他想蔓菁姐即使得不到妈妈的原谅至少自己的心理能够得到解脱。”

蔓菁听着，不言语。她还不敢确定小昭给松泽的记忆是全部的还是部分的。关于她的身份，她与妈妈，她与小昭的一些，是否也一起全部给了松泽。

蔓菁便想试探一下松泽，她从手腕上取下那串黄水晶珠子问他：“你知道小昭的这串珠子是怎么回事吗？”

松泽脸刹那间僵了，他吞吞吐吐说：“是小昭要送给阿影的吧？”

“阿影是我们一起吃火锅的那个女同学吗？”之前蔓菁去看望小昭，小昭会叫上几个同学跟蔓菁一起吃饭。那一次松泽也在。

松泽说：“是的。是她。”松泽不看蔓菁，这让蔓菁觉得他在撒谎，但她也不想再追问下去了，都是过去的事了。

蔓菁便说应该丢了这串珠子，说着把它放在了石头上。

松泽忙说：“蔓菁姐还是别丢，其实我也不太确定，也说不定是送给蔓菁姐做生日礼物的呢!”

松泽通过小昭的经验，知道的事不会少，一些微妙的人情世故他也能知道怎么处理。除此之外，他甚至还知道当一个人要离开尘世让他做最后的选择去哪里时，有一个神会答应他的条件。

小昭要去一个能再次遇见蔓菁的地方。他要自己四肢健全，活脱脱地像个成年的男子一样站在蔓菁面前。

松泽知道小昭其实早早就走了，他走后的身体还在医院靠机械维持的时候，他去看了蔓菁，也去看了松泽。他见松泽身体功能一切都好好的，只是没有意识，便决定把记忆和意识交付给他。小昭当时的想法是，一个能开口讲话的人总是要比一个魂魄更容易把事情说清的。

8

他们回到松泽住的酒店，吃过东西，又租了一辆自行车去蔓菁住的寺院。

寺院在半山上，可以选择步行上山，也可以选择坐一段缆车。蔓菁先问松泽，松泽回想了一下说：“坐缆车吧，小昭有一次漂浮时，好像是在山间的树木上。我想知道是不是这里。”

她们把单车寄存于山下，坐缆车上山。管理缆车的不是比丘尼，是一位有胡须和留发的老年男人，他头上戴着灰色布帽，八片布拼的那种，眉毛也很长，但眼睛看人却是炯炯有神。来人坐缆车，无须说到哪里，这缆车专为山下的人去寺院搭建的。后来其实更多时间是在运输物品。

蔓菁向老人合掌，便带着松泽坐上缆车。

正是傍晚的时候，树梢下的空间在变暗，松泽向下看，多是看到明晃晃的树梢，树梢的下面并看不清。

蔓菁一路上没有说话。

下了缆车，蔓菁过去按了一个红色的按钮，直接向寺院里去。寺院大门已关，要走一个角门，蔓菁也是熟门熟路带着松泽过去。

进入寺院，客堂主事把松泽安排在法工住的一片住宿区，因为这个寺院是女僧寺院，来客堂挂单的都是女众，不能把松泽安排在客堂里。

女僧寺院上下没有常住的男众，短暂住在这里的男众多是有亲人在这座寺院里，来看望她们时小住几日。

这应该是一个很大的寺院，松泽住的地方离大殿极远，传来上晚课的念诵声好像是从很远的地方传来的。

安顿住下，已是黄昏，夜幕逐渐从山下上来，层层叠叠的黑色由浅至深，像一群赶路的人知道最终的方向，笃定地往山上来。松泽盯着它们看，待一层近了以为能把它们看得更清了，想定睛一看它们去哪里，就是这分神的一瞬间它们却不见了。松泽想，或者它们有的已在自己的身上。这个时间，眨眨眼天色就变，越来越黑。这时小昭的记忆跳了出来：待一会儿，等黑到齐了，天又会越来越亮，与亮中的黑不同，黑中的亮是闪动的，你盯着它看，它能把你带到另一个地方去。

松泽自然很好奇这些，他静心地等待着黑暗中的明亮，他想知道那样的明亮是怎样的。

夜色中，寺院的宽敞处有僧人在行禅，松泽避开她们，尽量让自己不打扰到她们。他避路绕进一片竹林，竹林有沙沙声，松泽不知道那里将会有什么，不敢向前。他便又绕了一个弯进入一条树林中的小径。

小径里正走来一个人，即使是在没有路灯的黑色里，松泽也能凭影影绰绰的动作看出来那个人是蔓菁。他身体里有小昭对蔓菁无穷的记忆。

蔓菁是来给松泽送东西的，这里遇见了，蔓菁说就不用她再过去了。

松泽想查看一下小昭的那些记忆里遇到这样的情况会如何跟蔓菁交谈。松泽接过东西，是棉布的东西，手感有些粗，但并不糙，细细感觉一下，还有些润滑。

松泽问蔓菁："蔓菁姐要在这里住下去吗？"

蔓菁说："我也不确定会住多久。"

"那么让我来猜：一个星期？"

"这次不是度假，可能比一个星期时间要长。"

松泽不想猜了，他感受到小昭在这样的情况下会有些不高兴。

在这样静谧只有虫鸣的地方，也似乎并不合适聊天，蔓菁收敛着声音，松泽也感受到了。于是他们不说话，只是盯着树林里的黑暗看。

树林的东方有脸盆大的红月亮升上来，它上来的时候在树枝间一跳一跳的。松泽没见过这样的月亮，有些难耐的兴奋。但他坐着没动，压着激动说："蔓菁姐，看月亮!"

蔓菁悠悠地说："嗯，看着呢。"

两个人就这么安静地看着月亮。

虫鸣从草丛中落在松泽的嘴上，好像是咸的，也好像是甜的。这真是奇妙的，他第一次能尝到声音的滋味。他想把这种难辨的味道让蔓菁尝尝，他站起来，走到树林里去，想捉来那样的虫鸣。

他悄悄的，弓着腰，在一棵树前一动不动，突然，他双手一合，应该是真的捉住了什么。他叫蔓菁："姐，你猜我捉到了什么?"

（注：题名为聂鲁达的诗歌《我在这里爱你》中的诗句。）

天真的美
（后记）

汪曾祺说废名的小说有“天真的美”。也指出废名的小说“真的很美”，并且说这种美是“把晚唐诗的超越理性，直写感觉的象征手法移到小说里来了”。说“他用写诗的办法写小说，他的小说实际上是诗”。

我应该读完了关于汪的所有文字，且不是一遍过，而是反复地看。这喜欢到后来，我见到汪的文字或关于他的文字就非转不可，转时还不忘加一句“汪老头”。汪老头这叫法有点轻浮了，但我以为最能表达我对汪的喜爱程度。因为我们老家叫与父一辈的长辈都叫这老头那老头，以示亲昵。比方我叫我三叔，我就叫三老头。

也就是说，我对汪的话是实打实信的。然后我就去读了废名，真真的是一读放不下，要把汪老头先搁一边专心爱一爱废名了。

废名的文字不多，很容易就读完了。读完后什么书都读不下，要不停不停地去跑步才能消化心里的淤积。他怎么做到“天真而美”的？

刚巧这时我女儿上小学了，一年级学造句，二年级学看图说话，就是学写段落，三年级就开始写作文了。我为了锻炼女儿的造句能力，教她学写了诗。因为我自己写诗，多少把心得用在了女儿身上，告诉她不要使用“公共词语”，要用自己的话说出你的意思。女儿一听炸锅了，跺脚反抗，说老师要他们用好词好句的，不用就得不了A。为了让女儿信任我，我只好让她先过了老师那一关，将就她用“好词好句”写看图说话写作文。但有一天我把她的好词好句都划掉，让她用自己的语言表达“好词好句”的意思，并且给了她十块钱买她一个A-，她为了十块钱照做了。但不想，这次老师给了她A+++。她突然间吃了甜头，放弃了“好词好句”的写法，从此作文几乎都是A+。这位老师也大方，有时甚至能给到五个+。这真是一件美妙的事情，从此再教女儿写诗，她欣然接受了。

女儿三年级上学期写过一首诗，题名叫《月亮》，诗句是：

穿过棕榈树林，
看见了一个月亮。
走路时看着它，
就好像用一支黄色的蜡笔，
在画波浪线。

我很惊喜。我想这或者就是“天真的美”。后来女儿还写了许多诗，我以为都是有“天真的美”的好诗。

那么，再来看废名的《桃园》《竹林的故事》等一些小说，我便理解了汪曾祺为什么说他的小说有“天真的美”了。

我想“天真”是指有孩童般的眼有孩童般的心去发现事物，把世间万物看成“原来”的样子，不加刻意的修饰或狡猾的伪装。而“天真的美”中的“美”是天真的一种自然呈现，是对天真强调的意思。《桃园》中写王老大因为女儿阿毛病了，有些烦恼，写“这时月亮才真个明起来，就在桃树之上，屋子里也铺了一地”。这么写后，就写到王老大的烦恼了，写他“一门闩把月光都闩出去了。”这里面有什么修饰吗？是没有的，不过是帮王老大直抒胸怀，因为他真的担心他的女儿阿毛，以至于月光太明亮都烦恼着他了。这种直抒的美，是美的不要不要的，是真美的，字里行间透露出月光明亮的美，王老大把月光闩在门外行为的美。这种直抒在唐诗里有若干个例子，比如：大漠孤烟直，黄河落日圆。

因为跟孩子相处，我多少发现了天真是怎么回事，原来天真就是回归人的本性，说本意的话，不造作，不扭捏。哪怕是夸张也应该回归到一个孩子的认知里去。

不记得是别人评论汪曾祺还是汪曾祺自己说过的话，我记得有句“世故而天真”这样一句话。像废名那样写文章，并达到“天真的美”，我想世间难有几人，非得有异禀不可。

若我们不具有那样的禀性，我想在文章里做到“世故而天真”也是不错的。“世故”是人情通晓，是作文技艺精湛，“天真”是遵行内心孩童般的发现与感知。若一个人行文“天真”到大于“世故”时，我想便到达了废名的“天真的美”的。

我从诗歌写作转向小说写作时已是暗暗希望自己能做到这样，并尝试这样写作，这本小集便是我探索的一次总结。

旧海棠
2016 年 11 月 1 日